나와 트리만과

나와 트리만과

김병호 소설

들 세종마루

목차

1 나와 007

2 트리만과 097

3 구멍 185

작가의 말 192

추천사 196

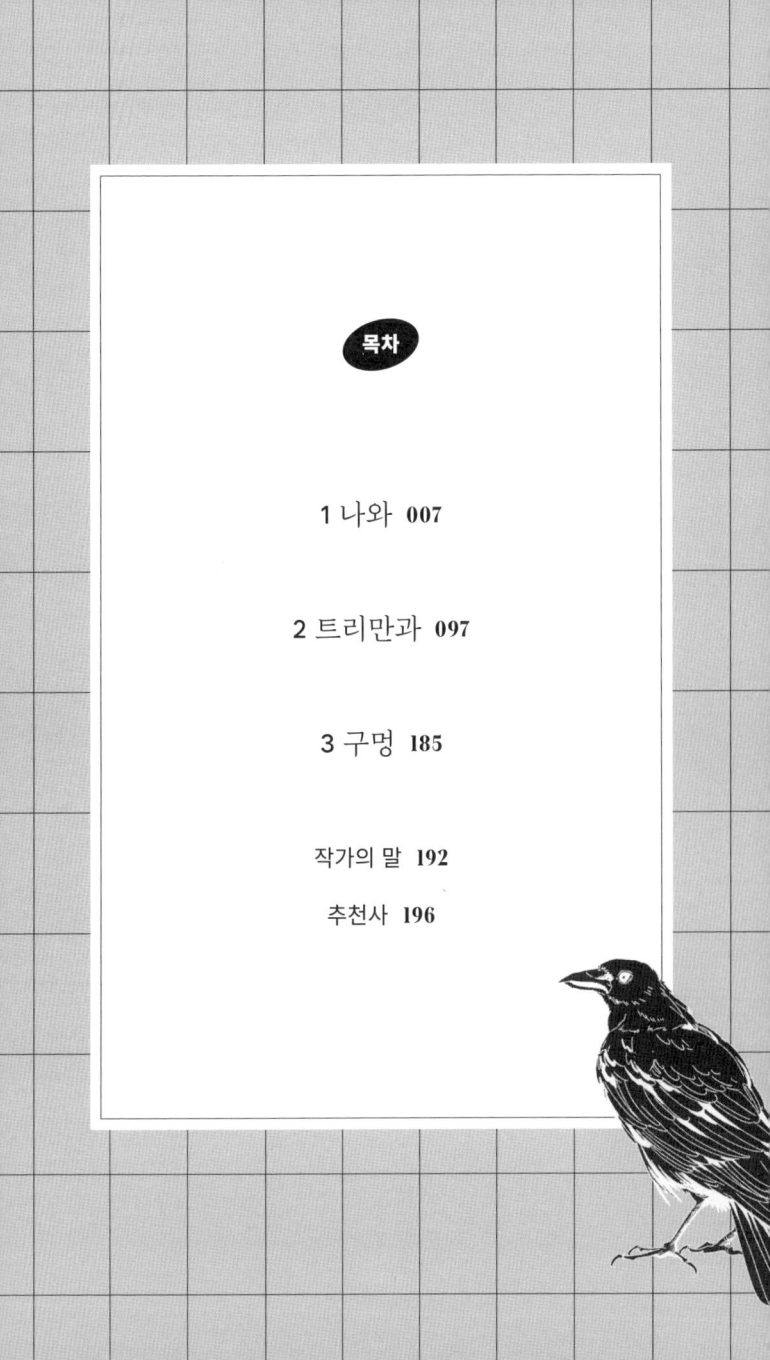

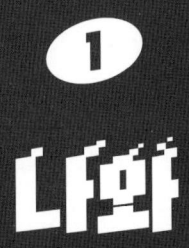

―한마디로 요약하면, 나는 죽을 거란 말이지, 스스로. 내 목숨을 내 의지로 버리는 거야.

―한마디라는 말 뒤에 문장이 둘, 아니 그 이상이군?

―내가 그랬나? 같은 내용의 반복이니 한마디와 크게 다르지 않지.

―자네에게 이유를 물어도 될까? 어차피 모두가 죽을 텐데, 뭘 그리 서두르나? 바쁜가?

―바쁘냐구? 생이 끝나는 낭떠러지인 죽음을 마주하고 있는데 그보다 더 서두를 일이 뭐가 있냐고 묻

는 거야? 바다에 다다른 물방울에게 어느 구름 출신이냐고 확인하고는 앞으로 바다 어디로 갈 생각인지 묻는 격이지. 하긴 뭘 해? 바다라는 커다란 물과 하나 되는 거지. 그렇게 죽는 거지. 그렇다면 바쁠 리가 없지.

― 오해하지 말게. 내가 묻는 건, 그 작은 물방울이 굳이 서둘러 바다에 뛰어들어야 할 각별한 사유라도 있느냐는 거였네. 사실 그리 궁금하지는 않네만. 나와 연관 없는 세상이라면 궁금할 거리가 얼마나 남아있을지 의문이기는 하군. 그렇지 닫힌 우주 안에서 엔트로피는 오로지 증가할 뿐이라는 사실을 피부로 느낀 후라면 우리가 사는 세상에서 굳이 알아야 할 게 얼마나 남아있을지 의문이 드는 건 당연하지 않나? 자네 말대로 그냥 바다와 한 몸이 되는 거지. 작은 개체가 거대한 혼돈에 흡수되는 셈이랄까. 마술처럼 느껴지기도 하는군. 우리가 시간이 흐른다고 느끼는 환상은 엔트로피가 만든 수작일 터이고. 뭐 궁금한 게 있을 리 없군. 그것이 환상이거나 아니거나 간에 우리는 시간이 흐른다고 믿잖나? 자네와

내가 느끼는 시간은 공통으로 흐른다고 치고, 그래서 비슷한 환상을 가지고 있다고 가정한다면, 굳이 서둘러 죽을 이유가 있을까 싶네. 어차피 조만간 모두가 죽는다는, 아니 모든 물방울이 큰 혼돈에 흡수될 거라는 환상을 맞이할 게 뻔할 터인데, 그리 서둘러 죽는다고 선언 비슷한 걸 하느냐는 의문이 들기는 하는군. 아니, 그다지 궁금하지 않네만. 시간이 흐르니까, 흐른다고 느껴지니까 그냥 가만히 앉아서 잡생각이나 하면서 퐁당퐁당 기다리면 될 일 아닌가 싶은데. 그러면 자네 안에 묶어두었던 엔트로피가 우주의 발자국을 따라 커지고 흩어지면서 저음의 에너지가 되어 더 아래로 바닥을 향해 흐르다가 고여 가장 낮은 곳에 머물겠지. 그것이야말로 자연스러운 죽음일 것인데, 뭐 그리 서두르는지 의심스러울 뿐이지. 바쁜가?

- 글쎄, 당연한 얘기를 당연하게 에두른 네 생각에 반대할 생각은 없는데, 아니 내가 원래 생각이 없기는 하지. 그럼에도 바쁠 일은 없어. 바쁘다는 건 내가 열심히 뭔가 하고 있다는 얘기잖아? 살기 위해, 아니

살고 있다고 오해라도 하기 위해, 뭔가를 열심히 잊는 거야. 잊기 위해 뭔가 한다는 건 배고픔을 잊기 위해 단식을 하는 거랑 같아. 잠들기 위해 낮잠을 자는 거고, 무의미를 마주한다는 핑계로 무의미에 열심히 의미를 주입하는 거지. 살아있다고 믿기 위해 삶을 부정하는 노력을 열심히 하는 거지. 열심히 잊는 일에 내가 열심이라는 사실이 열심히 부끄러운 거지. 하여간 바쁠 일은 없어. 서둘러 죽으려 한다는 건, 어쩌면 적극적으로 의사를 드러내는 일이라는 생각이 번뜩 들었어. 가만히 기다리다 보니, 네 말대로 잡생각이나 하면서 가만히 기다리다 보니, 이런 세상과 세상의 무의미에 한번은 크게 소리 지르는 일도 필요하다는 생각이 문득 들었어. 무의미할지언정.

ㅡ 궁금하지는 않지만, 그 무의미한 의사 표시는 무엇에 관한 것인가? 알고 싶지는 않지만 그럼에도 잡생각 또한 자체의 무게를 가질 수 있다는 느낌이 들어서 묻는 것일세.

ㅡ 근본적으로는 무의미인데 통틀어 무의미라고 할 수 있지. 우리 우주가 무의미에서 태어났기에 아

무리 애써도 감추지 못하는 무의미에 관해 조금이나마 얘기하는 일이 무의미를 더 정확하게 무의미한 상태로 만드는 일이라는 생각이 든 거지.

― 거 참, 대단히 무의미한 말 중 하나군.

― 무의미하다는 것은 뭔가가 자신에게 소중하다거나 개나 줘버리기에도 아깝다고 말하는 일처럼 가치를 판단하는 일이 아니야. 배가 고프거나 호수가 잔잔하다고 말하는 것처럼 어떤 상태를 말하는 거지. 그래서 무의미에 반대말이 있다면 아마도 불안과 비슷할 거야.

― 자네 말대로라면 우리가 남을 돕는 일처럼 의미 있는 일을 한다는 건, 자신이 너무 편하게 살고 있다는 자책에서 시작된 일이군. 그래서 좀 더 불안해지려는 수작이었군.

― 남을 돕는 일은 의미가 있는 행동이었나? 참 독특한 아집이군. 그 아집에 기대 사는 너야말로 사는 일이 너무 편안한가 보지? 좀 더 불안해지려 수작을 부리는 걸 보니. 하여간 태초가 무의미한 상태에서 출발했다는 사실을 알면 다른 모든 것들이 그 뒤에

등장했다는 결과를 수긍할 수밖에 없지. 의미라는 건 인간이 만든 거잖아? 심심해서 주무르는 찰흙처럼 사람이 손으로 조몰락거려 만든 게 의미라는, 무의미한 장난감인데, 지금 사람들이 사는 꼴을 보면서 자기가 만든 장난감에 스스로 목을 매고는 꼴딱 숨을 넘기려고 노력하고 있다고 말하지 않을 수 있겠어? 그래서 삶이 더 가벼워지고 속된 의미로 더 무의미해지는 거지.

ㅡ그래서 자네도 스스로 꼴딱 숨을 넘기려고 하는 건가? 사람들 사는 꼴이 정말 어떤 모습인지 현실에서 은유해 보여주려고?

ㅡ내 죽음을 평가절하하기 위해 꽤 애를 쓰는군. 네 질투는 참, 시도 때도 없이 다양한 상황에서 등장하는군. 그렇더라도 그건 아니야.

ㅡ그러면 의미는 뭐고 의미 있는 일은 또 뭔가?

ㅡ당연히 사람이 만든 거지. 인간의 역사 중에서도 아주 최근에. 사람들이 의미라는 말을 만들고 나니까 사는 일에 의미가 있다고 믿고 싶어진 거야. 그래서 이제 자기가 만든 의미라는 것을 자기의 삶에 적

용한 결과물이 의미 있는 삶이 되었지. 그렇게 되니 그 이전부터 존재하던 모든 것에는 무의미라는 딱지를 붙일 수밖에 없잖아? 내 삶에 반하니까. 촛불 하나를 켜는 일과 같아. 의미라는 촛불을 켜면 촛불이 흘리는 작은 빛 덩어리 바깥에 있는 나머지는 전부 어둠이 되어버려. 무의미의 어둠이지.

— 우리가 살아가는 일 또한 당연히 무의미에서 출발해 무의미로 치닫다가 무의미로 마무리한다. 그렇게 우리를 둘러싼 모든 어둠 같은 것이 무의미의 상태다. 이런 주장이군.

— 우리 사는 모습을 찬찬히 본 적이 있다면 알 수 있었을 거야. 우리가 살아가는 일에 목적이 있나? 너는 찾았나, 그 목적을? 아무리 찬찬히 살펴봐도 사는 일은, 조금이라도 더 오래 살아 있으려고 발버둥 치는 일밖에 없다고.

— 사는 일의 목적이 조금 더 살아있는 일이다? 그 또한 다른 측면에서 무의미한 일이군. 이렇게 사는 일을 딱 한 줄로 정리하다니. 물론 매우 어려운 일이지만 만약 자네 말에 수긍한다면, 그렇게 인류의 역

사를 그 한 줄로 정의한다면, 지금까지의 모든 이야기는 그 한 줄처럼, 누에가 똥구멍으로 실을 뽑듯 같은 말을 길고 다양하게 떠드는 셈이군. 머릿속에 그 한 문장을 새기기 위해 쓸데없이 긴 이야기 전부를 읽어야 하는 소설 같은 건가? 딱 한 줄이면 될 우주인가? 우리 잡생각이 오십 보라면, 사십구 보에서 오십일 보인 긴 이야기.

─ 우주라는 게 진동하는 이야기야. 거대하고 깊은 이야기일 수도 있지만 그냥 이야기일 뿐일 수도 있지. 이야기라는 건 이런 거지. 사건과 사건이 매듭이 되고 그 사이에서 진동하는 맥락이야. 그러나 패턴이 거의 같은 떨림인 거지. 그 떨림이 장구한 시간과 반응해 생명을 만들었는데 생명이 별로 살려는 의지가 없는 거야. 아주 작은 확률을 뚫고 힘들게 출현했는데 자꾸 사라져. 그래서 우연은 생명에 자동으로 작동하는 프로그램을 이식했어. 그게 그들의 이야기야. 사소한 오해를 버그로 심어놓은 이야기. 우리가 살아있는 동안 뭔가를 해야 한다는 환상이자 강박. 우연은 시간을 무기로 그 프로그램을 생명 속에 심

었어. 그렇게 뭔가를 해야 살아있다고 느끼고 의미가 생긴다고 믿는 환상이야. 환상을 믿게 만들기 위해 우리 몸에 심어놓은 것이 숨 쉬는 일이지. 숨을 안 쉬면 죽는다고 생각하잖아? 이게 증거야. 숨 쉬는 일은 은유야. 사는 일은 계속 뭔가를 해야 한다고 믿게 만드는 은유. 뭔가를 하지 않으면 죽을까? 우리는 아무것도 하지 않으면서 죽기를 기다리고 있잖아? 우리가 숨을 쉬지 않으면 죽을까? 죽었기 때문에 숨을 쉬지 않는 것은 아니고? 그것이라도 해야 사는가? 숨을 쉬지 말아봐. 죽을까? 그 환상을 깨기 위해 죽으려는 거지.

— 내가 짐작할 수 있는 자네의 지적 활동의 양과 한계로 볼 때 이미 한참 전에 초과한 것으로 짐작되네만. 아니면 대단한 오해를 믿고 있거나. 그보다는 순수한 개소리일 확률이 더 높기는 하지만. 그럼에도 조금 더 자네와 보조를 맞춰봄세. 진실로 그런 추상적이고 관념적인 오해가 자네를 죽이기로 작정한 범인이라는 말인가?

— 오해라? 그래, 이 우주를 읽는 방식은 오해가 맞

아. 그렇지. 은유로밖에 읽을 수 없다면 모든 과정은 오해야. 하지만 오해라는 것도 결국 더 큰 이야기의 한 줄기이자, 또 하나의 은유지. 원래 이야기는 단순해. 우리 현실이 복잡해 보이지만, 다른 차원의 수식으로는 한 줄로 모든 걸 표현할 수 있어. 그러나 사람들은 단순하면 이야기가 아니라고 생각해. 정확한 한 줄로 드러나는 진실을 불편해하고, 흔들리는 이야기가 있어야 한다고 믿거든. 홍합살을 먹기 위해 홍합을 까서 먹는 게 아니라 홍합을 몽땅 때려 넣고 삶아서 국물만 먹는 거야. 이야기는 과장일지언정 사건이 필요하고 그것들을 연결하는 거야. 너처럼 한 줄을 위해 사는 게 아니라 치장 자체를 좋아하는 거지. 사람 여자가 아니라 꾸며야 여자라고 생각하는 거지. 사람 남자가 아니라 몸에 바람을 넣어야 남자라는 거지.

─자네가 말하는 이야기론 잘 알겠네. 한 줄뿐인 진실을 과장하고 오해해 사람을 살게 한다. 뭐 이런 얘기. 나는 자네가 사고하고 세상을 바라보는 방식을 조금 바꿔보는 일을 추천하네. 좀 더 빠르게 전진

하는 방식이지. 자네도 유튜브를 해보았겠지. 어떤가? 동영상 옆에 알고리즘이 추천하는 영상들이 늘 어서 있지? 그중 두 번째로 보고 싶은 영상이 있었다고 치세. 그러면 먼저 보고 싶은 영상을 보고 다시 뒤로 돌아가 그 영상을 찾나? 그런 방식으로 사고하는 것은 아닌가? 세계의 구조는 돌아가야 나뭇가지의 갈래를 찾을 수 있는 방식이 아니야. 그냥 계속 앞으로 나아가는 거야. 그러면 중요한 것을 모두 볼 수 있어. 돌아보지 말고 그냥 앞으로 나아가는 것이 통시적으로 보는 방법이야. 그냥 지나쳐야 하네. 그냥 앞으로 나아가며 사는 일이 가장 깊은 결론에 닿을 방법일지 모른다네. 그러면 다른 결론을 얻을 수 있지 않을까 싶네만. 자네의 삶에서, 이제 손에 잡히지 않는 안개 같은 이유 말고 자네를 죽이려고 하는 현실적인 이유를 찾아봄세. 사실 나는 자네가 죽는다면 지대한 영향을 받을 수밖에 없는 존재네만. 헛, 말하고 보니 지독하게 신파적이군. 아니, 내용이 아니라 어투 말일세. 어투만 신파라네.

— 훗, 너라는 존재 자체가 신파 아니고?

─ 신파는 양식이지 존재가 아닐세.

─ 그래? 너는 누구야?

─ 그럼, 자네는 누구인가?

─ 나는 사실 내가 누구인지 몰라. 어쩌면 무엇일 수도 있고 그렇다면 내가 무엇인지도 몰라. 나는 다른 사람에게 안기는 폭탄일 수도 있고, 뭔가를 잡아오는 포충망일 수 있어. 그 둘 다일 수도 있고, 그래서 아무것도 아닐 수 있어.

─ 이따위 질문이 자네를 비장하게 만드는군, 더 알 수 없는 헛소리를 하는 걸 보니. 그럼, 나중에 얘기함세. 어떤 이유에서건 자네가 죽는다면 자네가 누구인지 알아낼 도리가 없어지니 먼저 죽음부터 들춰보는 것이 순서겠군. 자, 돌아보세. 자네가 사는 우주는 무의미가 씨앗이 되어 빅뱅이 시작되었다고 치세. 자네 말이 옳아. 그래서 지금 우주 안을 떠도는 우주배경복사 또한 무의미라는 진동수를 가지고 있고. 그렇지 않은가? 좋아. 그런 우주에서 생겨난 생명 또한 무의미의 자식이지. 그런데 이들은 허상에 목매고 조금이라도 더 살기 위해 발버둥 치고 있네. 그렇

지? 자, 사실일지 오해일지 모르는 이런 해석들이 자네를 죽이려는 암살자들 전부인가?

　─ ······.

　─ 침묵이라. 그렇지. 침묵은 진실로 통하는 가장 묵직한 만능열쇠라네.

　─ 어떤 아침들이 있어.

　─ 아침들이라. 우리는 이제 어디로 가는가?

　─ 다시 그 아침들로 돌아가는 거지. 나를 괴롭히는 아침들.

　─ 그러면 이제 그 아침들을 풀어보게.

　─ 아침에 일어나고, 아니 아침이 일어나니 해가 뜨고 또 누구는 해가 떠서 아침이라고 대충 얼버무리고, 아침이니 일어나라고 해서 떠오르던 해가 스스로에게 얼버무리다가 얼갈이라도 버무리는 누군가가 있어 아침이라고, 아침인 것 같아 부스스 일어나 일이라도 할 냥으로 아침을 맞고 일거리라도 있어 아침이라는 명분이 있기에 그런 핑계로 아침을 맞아야 또 다음 아침이 찾아올 초석이 될 수 있어, 그런 아침들이 모여 일상이라는 환영을 만들어 나갈 수

있어 아침이 부끄럽지 않은데 일상이라고 아침만 있을 수 없기에 다른 아침에게 어떻게 해야, 이 아침과 저 아침이 다를 수 있냐고 묻지 않을 수 없는 아침은 그래도 유일한 아침 아니냐고 그런 아침이 오늘 아침이 아니냐고,

아침부터 혼자 헛소리를 하는 자신을 향해 물때 가득한 거울 안에서 눈 부은 내가 말했어. 그렇게 수많은 아침이 서로 다른 수많은 아침이 되지 못하고 왜 변하지 않은 똑같은 모습으로만 등장하냐고? 그런 거울 속의 아침에게 질타하는 아침이었어. 똑같은 아침은 똑같은 정오를 지나고 다시 같은 저녁을 향하는데, 그렇게 똑같다는 사실도 느끼지 못하는 환영의 연속이던 어느 날, 어느 저녁에 이런 얘기를 하게 된 거지, 당연히 생각하지 못했던 생각이 생각하지 못했던 저녁에 떠오른 거지.

─ 모든 사람에게, 아니 모든 생명이 맞는 수많은 아침 중에 자네 것인 아침은 왜 그렇게 항상 같은 얼굴을 하고 있을까? '생각하지 못했던 생각' 같은 말을 쏟아내는 걸 보니 자네 안에는 생각이라고 할 만한

생각이 있기는 한지 의심이 가는군.

― 그냥 생각부터 생각하지 못했던 생각까지 수많은 생각이 내 안에 있는데 내가 생각이 없다는 네 말의 배경에는 근거가 있나? 나를 설득할 만한? 아, 말은 이렇게 하지만 사실 아침부터 내가 무슨 말을 하는지 나도 알 수 없어. 그냥 자동으로 발사되는 방언 같아. 내가 뱉은 말들이지만 내 것 같지 않은 말들이야.

― 자네 말 속에 둥둥 떠다니는 생각이라는 말들은 깊은 생각으로 태어난 결과물이 아니라 생각이라는 말의 껍데기만 흉내 낸 노란 풍선 같군. 속이 텅 빈. 그러니까 자네가 생각이 없다고 생각하게 된 근거는 매일 똑같은 얼굴로 자네를 찾아오는 자네 몫의 아침이거든. 모든 아침이 같은 건 아침을 낳는 전날의 밤이 같다는 얘기이고, 밤이 같다는 사실은 온 밤을 뒤흔드는 꿈이 같다는 말이라네. 우리가 밤에 자신도 모르게 꺼내보는 꿈, 그 꿈이라는 것은 태고부터 이어온 생명의 역사라네. 생명으로 치러왔던 모두의 기억과 나를 만든 낱개의 기억을 은유적으로

새겨놓은 기록이라는 말이지. 그래서 밤을 아주 두껍고 변화무쌍한 책이라고 한다면 각각의 책장마다 생명의 역사가 새겨져 있는 거라네. 책장을 넘기면서 읽어내는 내용이 꿈이고. 매일매일 역동적으로 움직이면서 새로운 모습으로 우리 기억에 등장하는 꿈. 그 꿈은 고정되어 있지 않다네. 우리가 생각이라고 부르는 의식과 끊임없이 부글부글 화학반응하고 있는 것이지. 꿈이 의식을 가르치고 의식은 다시 꿈에 뭔가를 기록하는 거라네. 그러다 사라지기도 하는. 이런 화학작용이 진정한 생명을 만드는 일일세. 의식과 기억이 만나 서로를 침범하면서 꿈틀거리는 영상, 내 것이기도 하면서 내 것이 아니기도 한 그런 내용들이 꿈이라는 말이지. 그래서 이 긴 얘기의 결론은 자네 아침들이 같은 얼굴을 한 건 자네의 의식, 그러니까 생각이 아무 일도 하지 않는다는 방증일세. 생각이 존재하지 않는다는 뜻이지.

─팍, 엎어버리고 싶고 확, 잘라버리고 싶을 만큼 길고 긴 너의 주장에 대해 벌떡 반대할 생각 같은 건 없어. 네가 말하는 생각이라는 걸 내가 가지고 있건

그렇지 않건 뭐, 내게 중요한 문제는 아니니까. 다만 은유라고 했지? 꿈 말이야. 그렇다면 네 잘못된 은유 하나는 짚어야 얘기에 진전이 있을 수 있을 거 같아. 참 우리 얘기는 진전되어야 하나? 여기서 끝낼까?

— 인간으로 살면서 굳이 의미 있는 일을 꼽아보자면 열심히 머리카락을 경작해 방바닥에 뿌리는 일과 부단히 먹고 마셔 용변을 만드는 일만큼 중요한 게 소통이라는 이름으로 서로를 지적하는 일이라고 나는 생각하네만.

— 전진하자는 말이군. 알았어. 속 빈 노란 풍선을 얘기했지? 그건 옳지 않아. 노란 풍선은 비어 있지 않아. 밀도가 다른 두 기체 사이에서 경계를 유지하기 위해 부단히 애쓰고 있는 존재가 풍선이야. 우리가 세계를 알아채고 분별할 수 있는 경계가 있기 때문이야. 경계가 없다는 것은 모든 것이 뒤섞여있는 상태, 혼돈이 모든 걸 정복하고 있는 시스템이야. 풍선은 그 얇은 몸으로 경계를 만들고 있어. 그리고 그 경계를 유지하면서 질서를 만드는 거야. 낮은 엔트로피를 방어하는 일이지. 그 결과로 무엇이 생기는

지 아나? 친구여! 아니, 나를 이루는 또 다른 부분이여! 그 경계가 있어서 운동이 만들어지는 거라네, 운동. 풍선이 경계를 만들자, 풍선이 위로 떠오르거나, 아래로 가라앉지. 풍선은 가냘픈 노력으로 운동을 만들잖아. 텅 비어 있지 않아. 풍선은.

― 좋아. 양보심이야말로 내가 가진 커다란 미덕이라네. 자네의 그 노란 풍선은 비어 있지 않다고 인정하네. 은행에 대출도 없는 대신 가스로 충만한 데다 바깥 공기와 섞이지 않게 지켜냄으로 나름의 질서를 만들어 낮은 엔트로피를 방어하지. 그 결과 운동을 만든다네. 풍선 자신이 움직이지. 인정하네. 과학을 제외하고는 대체로 무식한 데다 비열이 낮은, 그러니까 쉽게 오르내리는 성격을 가진 과학기자로서 그 정도는 떠들 수 있어야 하지 않겠나?

― 너는 모르겠지만 운동은 단순히 운동으로 그치는 게 아니라 이 세계에서 더 중요한 가치를 가지고 있어. 사물들은 시간을 밀어내기 위해 운동을 하는 거야. 시간이라는 게 원래 상황만 된다면 꼼짝하지 않으려는 게으른 것이거든. 그런데 사물들이 운동하

기 때문에 그 운동에 떠밀려 움직이고 있는 거야. 생각해 봐. 아무것도 움직이지 않으면 시간이 흘러가겠나? 시간 혼자 흘러간다고 여긴들 티가 나지 않잖아. 아무것도 움직이지 않으면.

― 자네 얘기를 들어보니 시간이 정신 못 차리고 흐르다가 이상한 골목에서 헤매는 것같이 느껴지는군. 시간이 사물에 떠밀려 흐른다고 했나? 자네가 보여준 가스로 충만한 노란 풍선처럼 돼지 내장이 당면으로 충만하면 순대가 된다네. 자, 그렇다면 충만한 순대가 되기 위해 돼지라는 생명이 태어나고, 그렇기에 길지 않은 한 생을 견딘다는 말인가? 돼지라는 존재 이유가 순대라는 말인가? 정말 그렇단 말인가? 자네가 얘기하는 운동과 시간의 관계는 이런 논리로 내게는 들리는데? 이제 내 장점인 양보심이 바닥나고 있다네. 그래서 그 운동으로 뭐가 만들어지는가? 운동 자체에 무슨 의미라도 있다는 말인가? 기껏 자네가 고민하는 거기서 거기인 아침들이나 만들고 있는 건 아닌가?

― 네 얼토당토않은 비약은 비약의 범주를 벗어나

삐약으로 들리네. 네가 말한 방식대로라면 너는 삐약거리기 위해 태어난 병아리야? 아니면 삐약거리기 위해 둥지에서 갓 부화한 뻐꾸기?

─ 내 마지막 남은 양보심을 부글부글 끓어오르는 내 감정과 이성을 진정하는 일에 사용하겠네. 자네도 부디 이성을 되찾게나. 그런 것들을 가졌는지도 몹시 의심스럽지만. 그럼에도 우리는 전진해야 하네.

─ 내가 얘기했잖아. 네 선입견대로 나는 생각이나 이성 같은 것을 소유하는 일에는 별다른 관심이 없다고. 진정하자고. 그래야 우리 논의가 전진하는 일에 진전이 있겠지.

─ 우리 얘기가 어느 갈림길에서 잘못된 길에 들었는지 기억을 되돌릴 수 있겠는가?

─ 노란 풍선에 관한 은유가 그 시작이었어.

─ 맞네, 자네가 매일 같은 얼굴을 한 아침을 맞는 이유가 자네가 밤에 꾸는 꿈에 그 원인이 있다고 지적했었네. 지구상 생태계 역사의 거대한 기록인 꿈이 자네의 생각 없음과 만나 똑같은 아침들을 만들

고 있다는.

　―그래. 그런데 조금 전에도 얘기했지만, 나는 은행 대출이 없어. 몇 없는 내 생활신조 중 하나지. 상대가 은행이든 사람이든 나는 돈이나 물건을 꾸지 않아. 그런데 꿈도 꾼다고 하지 않나. 이상하게 불편해지는데? 꾸다니?

　―돈도 꾸고 꿈도 꾼다! 모르겠나? 왜 꿈과 돈이 같은 동사를 쓰는지 말일세. 역시 자네 의식은 얇고 생각은 짧군. 그러니까 평소에 그 생각의 빈자리를 일찌감치 행동이 채우는 것이라네. 다시 말하면 생각 없이 행동한다는 말이지. 단순히 현상적인 얘기이니 기분 나빠하지 말게나. 우리는 전진하기 위해 진전을 이뤄야 한다네. 자, 생각이라는 것은 자동차의 앞과 뒤에 범퍼가 있는 것처럼 사람의 행동 앞과 뒤에 반드시 붙어 있어야 하는 것일세. 잘 알잖나? 범퍼의 모양으로 앞과 뒤를 구별할 수 있고 내가 가는 방향을 남에게 알려주기도 하잖은가. 그리고 사건과 사고가 일어났을 때 충격을 완화하고. 무엇보다도 근사해 보이잖나. 차에 미끈한 범퍼가 있

고 사람에게 생각이란 게 있으면. 이게 사람의 생각과 자동차 범퍼의 공통점이라네. 우리 모두에게 왜 생각이 필요한지 잘 알 수 있잖은가.

― 우리의 논의가 다시 갈림길을 만났군. 쓸데없이 두꺼운 범퍼를 가진 친구여. 방향이나 잘 잡게. 또 길 잃지 말고. 나는 생각 같은 것에는 크게 무게를 두고 있지 않으니까.

― 아, '꾸다'라는 동사!

― 기억력과 범퍼의 두께는 반비례하는 모양이지? 생각이 많으면 기억이 짧아지는 게 일반적인 일인 것 같은데? 자네를 보고 있으면. 그나저나 생각도 꿀 수 있으려나?

― '꾸다'라는 동사는 뭔가를 잠시 빌려 사용하고 돌려주는 일을 전제로 하고 있잖나? 그렇잖은가? 우리가 꿈을 꾸는 이유는 개인의 꿈이라는 것이 생태계 전체의 기억에서 잠시 빌려오는 일이기 때문일세. 거대한 흐름인 생명의 역사에서 내게 필요한 것을 잠시 빌려다 사용하고, 내가 살면서 만들어낸 삶의 결과물을 더해 다시 그 거대한 흐름에 돌려놓는

거라네. 생각이 있는 사람이면 충분히 유추할 수 있는 일일 터인데. 우리말에서 '꿈'도 '꾸다'라는 동사의 명사형이고. 영어에서도 'dream'이 꿈을 꾼다는 동사이기도 하고 꿈이라는 명사이기도 하잖나. 꿈은 근본적으로 빌려오는 행위인 거라네. 네가 은행에는 대출이 없지만 생명으로 살아가면서 꿈을 꾸는 순간부터 다른 곳에 대출이 있는 것일세.

―그래서 내 모든 아침이 같다고 느껴지는 건 꿈에 문제가 있고 그렇게 꾸는 행위에 뭔가 문제가 있다는 얘기야?

―지금부터 내가 하는 말은 그저 내가 만들 수 있는 하나의 가설일 뿐일세. 더욱이 책임소재를 따질 일도 아니고.

―너도 크게 다르지 않겠지만 나는 너라는 존재 자체를 하나의 가설이라고 생각하고 있어. 아직 실체를 가지지 못한 가설. 신파적인 가설, 그래서 유령 같은 것일 수도 있는데, 뭐, 그렇다고. 하여간 웬만해서는 가설에 책임을 묻지는 않지.

―좋은 기분은 아니네만 우리는 전진해야 하지. 우

리를 만드는 물적인 정보들은 DNA에 새겨져 있잖나. LP는 한번 만들어진 음악을 다른 시간 다른 장소에서 소리로 재생하기 위해 만들어졌다네. 아, 조금 오래되기는 했지만, LP는 알고 있다고 믿고 넘어감세. 어쨌든 우리는 내용을 이해시키기 위해 비유를 사용하는데, 하드웨어 메모리에 정보를 입히고 재생하는 디지털 과정을 비유로 사용하면 듣는 사람이 따라오기에 어렵잖나? 그래서 조금 오래되었지만, LP를 비유의 대상으로 초청한 거라네. 자, LP가 회전하면 바늘이 따라가는 작은 길이 있잖나? 이 작은 길에는 음파 형태의 홈이 새겨져 있다네. 자세히 들여다보면 그냥 오르내리는 거친 표면일 뿐이지만. 그런데 이 길을 작은 바늘이 쓸고 지나가면 표면의 거친 높낮이에 따라 소음이 발생하고 이 소리의 합이 음악이 되는 거라네. 우리와 같은 생명체의 구조도 이와 같다네. LP 표면에 새겨진 표면의 홈들이 우리 세포 안에 있는 DNA일세. 홈들 사이의 강약이 바늘이 지나면서 어떤 소음을 만들지 결정하는 것이지. 이것이 생명의 정보일세. 이 정보만 전달되면 새로운 생명이 만들어질 수 있지. 40억 년 전부터 지구에 살고 있는 모든 생명체 안에서 일어나는 일이고. 이제 바늘이 홈을 긁어 소음이 만들어지고 이것들이 모여 음악이 되잖나? 그 결과물인 음악이야말로 DNA에 따라 연주되는 생명, 바로 우리와 같은 존재라네.

— 길고 지루하면서 뻔한 이 설교에 가설이 될 만한 가능성은 어디에 있으며, 설교의 어느 부분이 책임소재를 물을 만큼 위험하다는 거야? 자네의 지루함이 제일 위험해 보이는데.

— 일정한 시공간에서 연주되는 음악처럼 우리라는 생명체 하나하나는 한동안 지구상에 출현했다가 사라지잖나? 음악은 듣는 이에게 정서적 흔적을 남긴다네. 그 흔적은 감동으로 남을 수도 있고 먼 기억을 불러내는 경험을 할 수도 있는 것이지. 자네, 음악을 듣기는 하나? 지금 꿈이 생명에게 어떤 역할을 하는지 비유를 들고 있다네. 자네가 음악에서 느끼는 정서적 경험이 없다면 의미 없는 비유이자 내게는 헛손질만 하는 격일 터인데?

─ 매일 만나는 똑같은 얼굴의 아침에는 바흐를 듣는 시간도 있어.

─ 다행이군. 마무리하도록 하지. 음악이 정서적 흔적을 남기는 것처럼 생명에게 꿈이 정서적 흔적으로 작용한다네. LP를 기반으로 음악이 출현하고 음악이 새로운 세상의 경험을 주는 일처럼 DNA에서 생명을 읽어내고 생명은 꿈으로 생태계와 한 몸이 되는 것이지.

─ 이제 쉬는 시간 알람이 울릴 때가 되지 않았나? 수업이 점점 지겨워지는데.

─ 자네 방광에게 조금 더 인내심을 가지라고 이르게. 이제 바로 결론이라네. 자네 일상이 똑같이 반복된다고 느끼는 것은 자네와 환경이 뒤섞여 만드는 자연스러운 흐름이 막힐 때 나타나는 현상이라네. 일상에서 정신작용이 제 역할을 하지 못할 때 나타나는 일종의 병증이지. 생명과 함께 일어나는 운동에 어떤 문제가 걸려있는 것일세. 이럴 때는 꿈이 흐르지 못하지. 매일 같은 꿈, 비슷한 꿈을 꿀 가능성이 크네만. 흐름이 없어지는 것일세. 흐르는 개울에 큰

돌을 던져 막아놓으면 돌을 만난 물은 거기서 같은 모양으로 소용돌이치잖나. 눈으로 이해하자면 그런 것일세.

― 아마도 뒷걸음질 치는 소의 보폭과 발자국 위치를 정확하게 계산해 자살한 쥐의 이야기일 거야. 지금 네 얘기는.

― 그렇게 정확하게 계산된 자살을 학계에서는 이론이라고 말한다네, 가설 단계를 넘어선 이론. 어때, 그렇지 않은가?

― 가끔은 신통한 부분도 있다는 사실을 인정해야 겠네. 사실 내가 매일 같은 꿈을 꾸고 있어. 매일 똑같은 은행에서 똑같은 액수를 대출받는 것처럼.

― 이제 제대로 말할 준비가 되었군. 강제로 대출하고 있는 꿈은 무엇인가? 이제 그 꿈을 자세하게 말할 차례일세.

― 꿈에서 나는 항상 생식행동을 하고 있어. 똑같은 곳에서 똑같은 자세로.

― 우리가 통상 섹스라고 말하는 그것 말인가? 프로이트를 들먹이지 않더라도, 꿈에서 섹스는 가장

많이 출몰하는 소재이자 가장 중요한 주제이며 모두가 사랑하는 장면이라네.

─그보다 더 어울린다고 생각하는데, 나는. 생식행동이라는 말.

─자네가 말하려는 주제와도 절대 어울리지 않고 멋지지도 않네만. 우리가 섹스라는 단어를 사용할 때는 자네가 말하는 생식행동이라는 의미도 포함하지만, 그 이상의 배경과 분위기를 가지고 있다네. 태곳적부터 전해 내려오는 더 많은 원형이 들어가 있는 것이지. 변죽은 그만 울리고 이제 악마가 숨어 있는 사건의 디테일을 불러내 볼 순서이네, 난 준비됐다네.

─준비까지 필요한 일은 아닐 텐데. 어느 순간부터 항상 같은 꿈을 꾸고 있어. 우리 집은 시골에 있는 오래된 한옥이었어. 멋진 한옥이 아니라 그냥 흔한 가옥인데 오래된 것이었지. 거기서 태어나 그다지 환하지 않게 자랐어. 내 유년부터 청소년기까지 모든 기억의 배경은 딱 그 집 하나야. 내가 대학에 들어가면서 자연스레 서울로 독립하기 전까지. 그늘 하나

없는 마당에 서서 좌우로 웅크리고 있는 집을 바라보면 마루 왼쪽 끝에 내 방이 있었는데, 꿈은 항상 거기에서 시작해. 나는 방 안에 앉아 있고 엄마가 문을 열고 들어와서 아무 말도 하지 않고 서 있다가 나가는데, 엄마 얼굴은 항상 집안일에 짓눌리고 생활에 찌들어있었는데, 꿈에서는 이상하게 젊어 보이는 거야. 살짝 웃음을 띠기도 하고. 그렇게 형광등을 등지고 서 있던 엄마는 책상 위에 뭔가를 놓고 나가는데, 그것이 먹을거리인지 약간의 지폐인지 내가 보던 참고서 나부랭이인지 잘 기억이 안 나. 꿈마다 이 부분이 조금씩 바뀌는 것 같기도 하고. 하여간 그렇게 엄마가 문을 닫고 나가면 이후에 바로 나는 생식행동을 시작해, 네가 말하는 대로라면 섹스지. 그런데 즐겁거나 자극적이거나 유혹적인 과정이 아니라 아주 고역스러운 노동에 가까운 행동이야. 장난치다 발생한 불씨, 남모르게 빨리 꺼야 하는 불같은 것. 눈곱만큼의 즐거움이라고는 없이 서둘러 끝내고 싶은 의무 같은 일이었어. 마치 점심시간까지는 마쳐야 하는 고된 오전 작업량같이 느껴지는데, 아주 힘들어. 그 사이 오래된 나무 창틀은 바람에 흔들리고 나면 조각보로 만든 커튼이 세 번 위아래로 흔들리는데, 거기 수돗가에 앉은 엄마의 뒷모습이 보이고 큰 대야에 남은 구정물을 하수도에 쏟아붓고는 분홍색 고무장갑 낀 팔꿈치 위 소매로 이마를 닦으며 일어서는데, 나는 무릎이 아파. 딱딱한 비닐장판에 문대고 있는 무릎이 아파. 나는 왜 이 고된 일을 하고 있는 거야? 엄마한테 들키면 안 되는 일을. 허리도 어깨도 무릎도 다 아픈 일을. 그보다도 죄의식이 온몸을 짓누르는 압박이 온몸을 다지는데, 나는 무슨 고통의 자손을 얻겠다고 이 어이없는 짓을 하고 있는지, 마당에서 엄마가 고무장갑을 벗고 물 터는 소리가 들려오면 뒷골부터 경련이 일고 머리카락은 쭈뼛 서기 일쑤였어. 나는 이 고통스러운 행동을 왜 하는지도 모르면서 원죄처럼 고이는 하체의 가래침을 얼른 뱉으려 허리를 흔드는데, 그래 집중해서 빨리 뱉어내야 해. 죄스러운 노동이기에 엄마는 몰라야 해. 나는 무엇을 낳아야 하는지 모르고 누가 시키는지 모르고 왜 해야 하는지 모르고 대가로 무엇이 돌아올지 모르고 그 때문에 내 살 이유가 없어지는지 모르고 무릎이 타들어 가는 노동을 하고 있는데, 지옥같이 지루한 섹스 중에 그렇게 고된 노동의 와중에 질 끈 감았던 눈이 나도 모르게 실눈이 되어 벌어지는데, 매번 같아. 그렇게 힐끗 눈길이 닿은 바닥에서 나와 살 부딪는 상대의 얼굴이 얼핏 보이는 거야. 그런데 거기에 잔뜩 찡그리고 있는 내 얼굴이 있어. 나야. 나인 거야. 그 행동 중에 내가 놀라서 외마디 비명을 지르면서 뒤로 물러서면 거기 있는 내가, 내가 아이를 낳고 있어. 나인 그가 내 앞에서 아이를 낳고 있는 장면을 보고는 비명도 지르지 못하고 뒤로 자빠지고는 꼼짝할 수가 없어. 밖에는 엄마가 있잖아. 끔찍한 악몽이야. 핏덩이로 태어나 막 울음을 토하려고 하는 아기의 얼굴은 쳐다볼 수조차 없어. 그렇게 눈과 귀를 막고는 방바닥에 주저앉으면서 꿈에서 깨는데, 그렇게 겨우 잠에서 도망치는데, 그러면 그 상황이 현실이 아닌 게 너무 다행스러운 거야. 벌써 육 개월 가까이 이 꿈을 계속 꾸고 있어. 그것도 항상 새벽녘이야.

― 범상치 않은데, 자가생식이라니. 단세포생물이나 자기 분열로 후손을 만드는데, 두 개의 성으로 조합하는 유성생식을 하는 종족으로서 자신에게 자신을 복제하다니. 생각해 보게. 그 지독한 악몽이 시작된 시점이 현실에서 경험한 뭔가 특기할 만한 사건과 연결되지 않나, 유추해 보게. 그 경험을 찾을 수 있다면 그것이 이후에 자네의 정신과 현실에 어떤 영향을 끼치고 있는지 추적해 볼 수 있을 것 같군.

― 있었지. 놀랄만한 일이 있었지. 그런데 이 상황에서 네 역할은 뭐야? 꿈을 이야기하는 것도 나, 꿈의 기원이 되는 사건을 기억하는 사람도 나, 그 사건이 어떤 영향을 끼쳤는지 유추하는 자도 나. 너는 내 이야기를 듣는 일 말고 어떤 역할을 하는 거지?

― 거리를 두고 객관적으로 듣는 자만이 어딘가에 있을 방아쇠를 찾을 수 있다네. 모든 일이 그렇듯 완벽하게 보장할 수는 없지만. 그리고 내 역할은 내가 결정하네. 자네는 이 상황에서 자네가 할 수 있는 일에 집중하게.

― 있었지. 놀랄만한 일이 있었지.

― 으음.

― 그 전에 네가 들어야 할 또 하나 놀랄만한 일이 있었지.

― 길게 늘어져서 좋은 건 피자치즈밖에 없다네. 자네 사건이 필연적으로 섹스와 관련된 일이라는 확신이 드네만? 그럴수록 단도직입으로 사건에 접근해야 하네. 그럼에도 자네가 하고 싶다면 무엇이든 얘기하게나.

― 사는 동안 처음으로 두려운 밤에 시달리고 있는 요즈음에서야 깨달은 게 있어. 밤이 이렇게 무서운 것이었다는 사실, 그리고 나와 비슷한 일을 겪은 사람이 적지 않다는 사실을 알게 됐지.

― 으흠?

― 생각보다 많았어. 밤을 건너는 일에 거의 목숨을 걸어야 하는 이들, 그래서 우연찮게 시를 하나 읽었는데, 처음으로 시라는 것에 공감할 수 있었어. 좀 웃기지? 웃기면 웃어야지. 힘든 사람이 나 혼자뿐이라면 더 견디기 힘들잖아? '내 밤은 세 개의 베개를 딛고 건너야 하는 미친 강이다.' 이렇게 시작하고는,

'초저녁의 그물베개는 낮이 지르는 어지러운 비명들을 걸러내는 아가미이고, 가쁜 호흡이었고, 한밤을 떠다니는 사각의 목침에서는 내 물먹은 정신과 변성된 기억을 버티기 위해 딱딱한 두 개의 다리가 자라고 노 젓고 가라앉고 새벽녘을 출렁이는 털베개는 다가오는 아침의 불안에 귀 막으려, 그래서 바닥없는 탄성을 가진 것이었다' 이렇게 진행되는데, 새벽에 땀에 흠뻑 젖은 베개를 끌어안고 잠에서 깨는 기분을 아는 사람이 몇이나 있을까 싶어. 나 혼자가 아니라는 사실이 이렇게 위안이 되는 줄 몰랐어.

─자네 캐릭터와 전혀 어울리지 않는, 설익은 라디오 심야방송 같은 멘트라고 해도 될까? 그리고 그 위안 잘 들었네. 위안이 되는군. 시야 시이고, 이제 어떤 일이 자네의 밤을, 자네의 아침을 그렇게 만들었는지 꺼내보게.

─남들에게 구체적으로 까밝힐 수는 없는 일이지. 대신 나는 아주 정확한 은유를 하나 얻었어. 생식행동 아니, 섹스는 꿀벌이야.

─은유가 뭔지 정확하게 이해하고 쓰는지도 의심

스러울 지경이네, 하여간 은유로서 정확하지 않아. 꿀벌을 유혹하는 건 꽃이 뱉는 꿀이지. 자네가 섹스에 수반되는 감각적 쾌락에 저항하지 못하는 것처럼 벌은 꿀에 유혹당하지. 자네가 주장한 은유가 성립되려면 '섹스는 꿀이다'가 맞지 않겠나? 그렇지? 벌은 달달한 꿀을 목적으로 싸돌아다니는데 결국 식물의 자손을 만드는 일을 하잖나? 꿀을 빨기 위해 갔다가 몸 여기저기에 꽃가루를 묻히고 돌아다니는 일은, 인간 암수가 쾌락을 동력으로 서로에게 맹목적으로 끌리다가, 정신 차려보면 침대 위에서 앵앵 울고 있는 아이를 발견하게 되는 일과 같은 과정이라네. 벌은 스스로 의도하지 않지만, 식물들의 원거리 섹스를 성사하는 일을 하고, 식물은 그 목적을 이루기 위해 벌에게 꿀을 제공하는 거지. 애써 꽃을 피우는 식물에게는.

─수많은 벌의 존재 이유가 꽃에 이용당하는 거라고? 다시 묻지만, 충만한 순대를 만드는 일이 돼지가 존재하는 이유인가? 그렇게 만들어진 존재인가? 정말 그렇게 생각한다는 말인가, 너는?

─ 벌은 꿀을 모으잖나. 그걸로 애벌레도 키우고 여왕벌도 먹이고 다시 마트에 꿀도 납품하고.

─ 그건 사람이 먹지.

─ 그렇다고 치더라도, 자네 말대로라면 정확한 은유라는 수사는 자체적으로 모순일 수밖에 없네. 은유는 A가 B라고 누군가 주장하는 일인데 그때 B, 그러니까 목적지가 가지고 있는 특징들로 넓어지면서 뿌옇게 흐려지는 경우가 대부분일세. 이것도 맞고 저것도 맞다, 이렇게 대충 뭉뚱그려 이어놓는 수사라네. '자네는 돼지일세.' 물론 그렇지는 않겠지만, 누군가 이런 은유를 쓴다면 자네를 돼지가 가지고 있는 여러 특성과 연결하는 거지. 꿀꿀거린다든지, 비교적 많이 먹는다든지, 또한 비교적 더러운 환경에서 지낸다든지, 뭐 이런 거지. 이것과 저것을 연결해서 고상한 척 억지를 부리는 일이 은유이기 때문에 정확하게 뭐라고 딱 찍을 수 없다네. 바늘처럼 정확한 결론이 나오면 은유라 할 수 없지. 정확하게 말하는 것은 딱 하나일세. 섹스는 섹스이고 꿀벌은 꿀벌이다, 이런 식으로.

─ 그럼 '꽃이 있는 곳에 벌이 있다'라는 건 은유이고 '식물이 자신의 화려한 생식기인 꽃에 꿀을 담아놓아 벌을 이용한다.'라는 건 정확한 사실인가?

─ 사실, 사실이라는 것도 정확하지 않다네. 사실은 해석이지. 사건이 하나 있고 그걸 보면서 수많은 사람이 제멋대로 해석하면 수많은 사실이 생기는 거라네. 그러니까 자네는 사건을 자신의 방식대로 뒤틀어놓는 나름의 해석기라고 할 수 있는 것일세. 따라서 이런 해석도 가능하지. '자네가 욕망에 끌리는 건 시간지연 때문이다.' 아인슈타인이 발견한 시공간의 특성에 따르면 모든 사물은 자연스레 시간이 느리게 흐르는 곳으로 향하게 되어 있다네. 자네에게는 저 아래 고여 있는 욕망의 저수지가 가장 중력이 강한 곳이고, 거기에 있으면 가장 시간이 느리게 가기에 거기서 머무르려 하는 것이지.

─ 그럼 내가 만든 사건은 내가 해석하지 못하는 거야? 내 사건이 나의 사실이 될 수는 없는 건가?

─ 그건 내용을 들어봐야 판단할 수 있겠군. 내가 비교적 객관적으로 해석을 시도해 보려 하고 있으니

까 말일세.

- 일이 있었지. 놀랄만한 섹스가 있었지. 육 개월 전에 처음 시작했고 그 이후로도 간헐적으로 이어지고 있어. 그런데 네가 해석한 사실을 객관적이라고 할 수 있나? 그것도 은유 아닌가?

- 자네의 어설픈 섹스가 꿀벌이라는 어설픈 은유를 만들었다는 생각이 드네만. 자네가 그 어설픈 섹스에서 깨어나면서 자네가 '남의 꽃가루나 이리저리 나르는 존재'로 이용당했다는 어설픈 깨달음에 이르렀다는 말인가? 그 깨달음이 의미 있는 것인지 판단하기 위해 그 사건의 디테일이 필요할 뿐이라네.

- 그냥 누구랑? 어떻게 만나서? 어디서? 어떻게? 이렇게 물어보는 게 솔직한 물음 아닐까?

- 주관적일 수밖에 없잖나? 해석이라는 거 말일세. 그럼에도 정보가 있어야 그 주관적인 일을 할 수 있잖나? 이제 우리는 해석으로 나아가는 전 단계에 와있다네.

- 반년쯤 전이야. 그러니까 초여름인데, 계절이 움직이고 변하기는 하지만 그 움직임은 여느 해와 다

름없었고 오늘이라고는 하지만 다른 날들과 구별할 수 없는 초저녁이었지. 그것이 전조였을지도 몰라. 똑같은 얼굴로 다가오는 내 잔인한 아침들의 전조. 그곳은 주로 가족들이 가는 식당이었어. 실내에는 그림자 하나 없이 아주 밝은. 피자나 치킨 같은 것들이 주메뉴이고 아이들에게 코가 꿰여온 어른들을 위해 간단한 주류도 파는. 잘 알겠지만, 우리 같은 나이 든 남자는, 더욱이 혼자 사는 남자들의 영역 안에 있는 식당은 아니야. 그런데 퇴근하고 집에 들어가는 길에 간단한 안줏거리를 포장하려고 들렀던 거야. 특별한 이유 없이 들어갔다고 나는 생각했는데 뭔가에 이끌렸을 수도 있어. 뭐 해석은 내 마음대로이니까. 하여간 말을 잘 듣지 않는 키오스크와 한참 실랑이 끝에 음식을 주문하고는 그림자 한 점 없는 홀 구석에 궁색하게 끼어 앉아 나를 부를 빨간 숫자나 힐 끔거리고 있었는데, 역시 한 조각의 그림자도 없는 해맑은 포장지를 손에 쥐고 식당을 나서려는데 한 사람이 나를 노려보고 있는 게 느껴졌어. 신기한 일이지. 사람 관계에 있어 둔하기로 치자면 지역 대표

쯤은 되는 내가 누군가의 시선에 반응했다는 사실도 그렇지만, 평범하다 못해 지질하기로는 평균을 훨씬 넘어서는 중년 남자에게 여성으로 보이는 누군가가 관심을 보인다는 사실이. 막 내린 눈처럼 하얀 캐주얼 정장을 입고 맞은편 짙은 청색 벽에 기대고 서 있던 여자였어. 내 또래의 남자들이 그렇듯 나는 무채색 옷으로 전체를 두른 그저 아저씨인 사람이었는데, 이 두 개의 그림은 전혀 어울리지 않아 같이 걸어놓을 수 없는 것이었을 거야. 아마도 여자였어. 질끈 동여맨 긴 갈색 머리카락과 막 청소한 화장실 타일처럼 깨끗한 피부 때문에 내 눈은 여자일 거라고 짐작했고 또 의심하지 않았지만, 무의식은 여자가 아닐 수도 있다며 머리를 갸웃거릴 수도 있는 분위기를 풍겼지. 그도 그럴 것이, 넉넉하게 2미터에 이르는 키에 각이 잘 잡힌 넓은 어깨만 보자면 호리호리한 남자의 몸매이기도 했으니까.

―좀 지루한데? 이러저러한 묘사 정도는 건너뛰어도 이해에 지장은 없을 것 같은데.

―여자는, 아니 그 사람은 성큼성큼 다가왔어. 나

를 향해. 큰 키 때문에 휘청휘청 흔들리며 걷는 것 같기도 하고 아니면 패밀리 레스토랑에서 모델들이 회식하다가 누군가 일어나 화장실에 가는 일인 것 같기도 하고, 그런 생각을 하는데, 아니 그때는 아무 생각도 할 수 없었지. 조금도 의심하지 않고 정확하게 나를 목표로 날아오는 크루즈미사일처럼 육박해 온 거야. 정서적으로 반응할 만한 틈도 없었어. 나는 긴장해 꼼짝할 수 없었는데, 좀 쪽팔리지만 들고 있던 치킨 포장 봉투까지 놓쳐버렸다니까. 너무 이상한 상황이어서.

─음, 확실히 일상적이지 않은 상황이라고 말할 수 있군. 전에 인터뷰해서 안면이 있었던 사람은 아닌가? 자네 직업상 그런 일로 많은 사람을 만났을 테고, 자네 기억력으로 볼 때 대부분의 사람을 잊었을 터이니.

─아무리 그렇더라도 한번 만났다면 절대 잊을 수 없는 그런 여자야. 예쁘거나 여성적이거나 아름답거나 뭐 이런 인상과는 거리가 먼, 강렬하고 강렬하고 강렬한 인상이야. 처음 경험하는 느낌이었어.

―혹시 자네가 하려는 섹스와 연관된 이야기에서 그 여자가 주인공 역할을 하는 건 아닐 테지? 너무 현실성이 없지 않은가?

―그 후로 내가 겪는 모든 일에 공통점이 있다면 바로 현실성이 없다는 거야.

―으흠?

―앞에 우뚝 선 여자는 나를 약간 내려다보았고 입을 다문 채 미소를 짓고 있었어. 이어 빠르게 흐르는 항공 장면 같은 영상이 이어지는데, 머리카락이 시작되는 부분부터 부드러운 곡선으로 상승하는 높은 이마 정상에서 짙은 초록의 눈썹을 지나면서 낭떠러지에서 떨어지듯 꺼진 눈을 만났어. 거기 만년설이 녹아 고인 태고의 파란 물웅덩이 같은 눈동자가 있었지. 나는 그냥 어떤 신비한 동굴 앞에서 굳어진 돌덩어리 같았어. 그러고는 그 여자를 따라온 어떤 냄새가 후욱, 나를 덮쳤는데, 그 냄새는 향기가 만 리를 간다는 꽃냄새와 베리류의 과일 냄새를 합친 것 같기도 하고, 기가 막히게 부드러운 유아용 비누 냄새 같기도 한데, 그 냄새를 접하고 1초 후에 내 머

릿속에서는 나에게만 들리는 폭발음이 일어났어. 조용히 낮은 음으로 천천히 퍼지는 폭발음. 살짝 어지러웠고 살짝 몸이 흔들렸어. 그 흔들림이 가라앉기를 기다려 여자가 나에게 한마디 던졌는데, 복화술처럼 미소 뒤에서 시작한 울림은 내 머릿속으로 들어와 정보를 전했는데, 소리 없이 내용만 전달됐어. 뭐, 예전에 골 진동 전화기 그런 거 있었잖아. 아냐, 그냥 공간을 건너뛴 울림, 그런 느낌이었어.

— 나는 그 내용이 뭐였는지가 궁금할 따름일세. 지루하다는 말을 노골적으로 하지는 않겠네.

— '눈빛이 좋네, 같이 식사할까?' 한 글자도 다름없이 딱 이 말이었어.

— 자네 눈빛이 좋다고? 그 여자, 외관만 이상한 게 아니었군. 그래서?

— 그래서랄 게 있나? 보이지 않는 끈에 묶인 강아지처럼 좌우도 살피지 못하고 끌려갔지. 식당 안쪽 따로 독립된 방이었는데,

— 거기서 식사했나? 강렬한 여자와 함께였다면 더욱 강렬한 식사였겠군.

―그곳에서 뭔가 먹기는 했는데 그것이 식사였는지는 잘 모르겠어.

―더 강렬한 무슨 일이라도?

―내가 이끌려 들어간 널찍한 방에는 한 가족이 모여 식사하고 있었어.

―방 안에 다른 테이블이 있었던 게로군.

―아니, 그 여자의 일행이었어.

―으흠!

―십 대 중반으로 보이는 여자아이 한 명, 십 대 후반으로 보이는 남자아이 한 명, 그리고 그들의 아버지로 추측되는 중년 남자 한 명이 앉아 있는 테이블 가운데 자리로 들어가 앉는 거야. 남자는 왜소했어. 여자로 보이는 사람은 골격이 크지만, 그 남자는 겉모습이 남자로 보이기는 했는데 작고 마른 데다, 안경 뒤에서 살짝 빛나는 눈빛은 조용하게 바로 앞 순간만 응시하는 순한 것이었어. 얌전히 여자를 기다리던 접시에는 먹던 음식이 담겨있었어. 이 모든 장면 앞에서 나는 다시 얼어붙었지. 공포는 아니었고 당혹이라는 단어로도 설명할 수 없는 정신 상태였

어. 사람을 만났고, 뭔가에 홀린 듯 식사 자리까지 따라왔는데, 이런 모든 상황은 평범한데 사건들이 하나도 상식적으로 이어지지 않았어. 테이블에 다가가지도 못하고 돌아서 나가지도 못하고 서 있는데, 여자가 웃으며 말했어. 여전히 입은 움직이지 않았던 것 같아. '이리 와서 앉아요.'

— 그래서?

— 앉았지.

— 그리고?

— 여자가 말했어. '이름이?' 아마도 나는 더듬더듬 뭐라고 말했을 거야. 그러자 여자는 자식이지 않을까 싶은 아이들과 남편으로 추측할 수밖에 없는 남자에게 이렇게 나를 소개했어. '오늘 밤 나와 함께할 사람이야.'

아마도 이번 생에서 내 눈이 가장 커졌던 순간이었을 거야. 그리고 마음은 이 잔인한 외계적인 분위기에서 도망치자고 한없이 외치는데 몸이 움직이지 않았어. 내 몸은 여자를 처음 만났을 때 나를 장악했던 그 묘한 냄새에 조종당하고 있는 것 같았어. 내 마음에서 나가고 싶다고 아무리 소리를 쳐도 몸은 꿈쩍하지 않는 거야.

─자네 이야기를 듣는 순간 너무 많은 이상한 상상이 내 머릿속을 꽉 채우는군. 하지만 자네가 지금 여기 내 앞에 살아있다는 사실 하나로 그중 절반은 덜어내야겠군.

─내가 외계인에게 잡아먹히기라도 했다는 말이야? 그랬다면 여기 앉아 있는 나는 뭐야? 내가 가짜일지도 모른다는 거네. 그러면 너 또한 나라는 외형을 가진 뭔가에 곧 잡아먹힐지 모르지. 네 육질이 그들의 취향, 아니 가짜 나의 음식 취향이 아니길 바라네.

─아니야, 나는 느낄 수 있다네. 찾아보기 힘든 은근한 무지와 거기서 나오는 비틀린 성격은 진짜 자네 것이 맞네.

─하여간 자네의 이상한 상상에서 덜어낸 나머지 절반에도 맞는 것은 없을 거야. 그렇게 나를 소개하자 여덟 개의 눈동자가 나를 향했지. 바닥없는 푸른색 눈동자 여덟 개가 꼼짝없이 묶인 강아지 꼴인

나에게 지긋이 눈인사를 보냈어. 모두 의심할 수 없는 사람의 모습을 하고 있었지만 모두 사람이 아닐 수도 있다는 이상한 느낌 또한 강하게 일어났지. 그렇다고 영화에서 보는 뱀파이어처럼 날것의 욕망 같은 것은 보이지 않고, 적당히 무덤덤하고 무관심한 태도를 가진 사람이 아닌 무엇? 뭐 그런 느낌인데, 그 시간 이후부터 식사가 끝날 때까지 누구도 말을 꺼내지 않았어. 고개를 숙이고 그저 천천히 조용하게 먹기만 했어.

― 그래서 자네는? 도망을 가든지, 정체를 밝히라고 난동을 부리던지, 테이블이라도 엎던지, 뭔가 해야 하지 않았나? 자네 성격이 그 몇 분 사이에 극적으로 바뀌지 않았다면.

― 어떻게 했을 것 같아?

― 그러니까 자신도 이해하지 못할 정도로 얌전했다는 답을 가진 물음이잖나?

― 아무 말 하지 않고 음식을 먹었어. 뭔가 예측할 수 없는 상황에 대비하기 위해 일단 에너지를 비축하는, 아니 불안을 어쩌지 못해 꾸역꾸역 먹어야 하

는 돼지처럼. 그리고 그 시간 중 깜박깜박 기억나지 않는 순간이 많아.

―자네가 돼지라는 은유는 옳은 것이었군. 그러니까 그 돼지가 육체적으로나 정신적으로 완전한 속박 상태에 있었다고밖에 볼 수 없겠군. 자네가 모르는 상태에서 약물을 사용했거나 최면과 비슷한 정신적 함정을 만들었을 가능성도 전혀 완전히 배제할 수는 없겠네. 아, 그러고 보니 자네 혹시 톡소플라스마(Toxoplasma)라고 들어보았나?

―대충은 알지. 사람에게는 별 영향을 끼치지 않을 텐데.

―그런데 쥐가 톡소에 감염되면 이상 증상을 일으킨다네. 쥐의 뇌에 침입한 톡소 기생충은 쥐가 가진 공포 메커니즘을 망가뜨리는 것이지. 그 결과 포식자인 고양이에게서 도망가야 할 쥐들이 고양이의 오줌 냄새를 좋아하게 된다네. 그러면 당연히 고양이에게 잡아먹힐 확률이 높아지고 이와 동시에 톡소 기생충이 유성생식을 하기 위해 다시 고양이의 몸속으로 돌아갈 확률이 높아지는 거라네. 자네가 보이

는 증상이 톡소에 감염된 쥐의 행동과 크게 다르지 않다는 생각이 드는 건 어쩔 수 없는 일이라네. 그러니까 그 여자, 아니면 어떤 부류의 종족에게 생물학적으로 이용당하고 있다는 가능성이 작지 않다는 느낌이 든다는 말일세.

─ 고마워, 네 덕분에 한층 고양이가 싫어진 만큼 한층 기분이 나빠졌어. 젠장.

─ 아, 식당 어딘가에서 이야기가 끊어졌군. 이 이야기가 마무리되어야 자네의 아침과 죽음의 문제에 관한 해결의 실마리를 찾을 수 있을 텐데.

─ 쥐와 톡소 사이 어디쯤에서 헤매는 내 격앙된 감정부터 진정시키지 않으면 너의 안녕 또한 장담할 수 없다는 가능성에 대해서는 어떻게 생각해?

─ 아, 오해하지 말게. 그저 증상에 있어서 유사성이 보이는 상황이기에 즉각적으로 나온 말이라네. 가능성이 전혀 없는 것도 아니고, 증상이 비슷하면 원인도 비슷한 곳에 있을 확률이 크기 때문이야. 마음 쓰지 말게. 그래서 그림자 없이 환한 식당의 방, 그다음은?

― 그다음 기억나는 순간은 여자의 아파트였어. 그때는 여자와 나 단둘이었어. 다른 이들은 언제 어디서 헤어졌는지 기억에 없네. 구조야 뭐, 서울에 있는 대부분의 아파트와 다를 게 없는데 인테리어는 극단적인 미니멀리즘을 구현한 외계에서 온 비행선의 내부 같았어. 밝은 회색 톤 말고는 아무것도 없었어. 집이라고 하면 흔히 있는 의자도 주방도 심지어 화장실도 짐작할 수 없는 집이었어. 그리고 문이 없는 방이 있고 거기에는 방바닥 일부가 정사각형으로 사람 허리만큼 떠오른 부분이 있는데 침대일 거라고 짐작할 수 있었지. 잠깐 주위를 둘러보고 있는데 여자가 아니, 그 사람이 쭈뼛거리는 내 등을 그 침대 쪽으로 떠밀었어.

― 자네 지금부터 일어날 모든 과정을 세세히 묘사할 생각인가?

― 너는 무언가를 기대하는데?

― 아니, 우리가 다가가려는 요점과 어긋나는 부분은 과감하게 생략해도 된다는 권고를 하려던 참일세.

―들고 나서 무엇이 요점인지 네가 판단해야 할 상황이니까 길게 이야기하는 거야. 나도 길게 얘기하는 일이, 자네 같은 사람이 풀어놓는 긴 얘기를 듣는 일보다 힘들어.

―알았네. 길게 자란 풀숲에서 잃어버린 요점을 찾아내는 일이 내 특기이지. 자네는 그저 순서나 맥락에 얽매이지 말고, 떠오르는 기억 모두를 풀어놓게.

―나는 옷을 벗었어. 어쩌면 피동형이었는지도 모르겠어. 결과적으로 벗고 있는 나만 기억하니까.

―으흠?

―여자는 벗지 않았어. 하의만 벗은 것 같아. 긴 다리를 감싸고 있는 그림자 없는 하얀 피부를 잠깐 보았거든.

―이후는 일반적인 생식행동인가?

―섹스라고 부르더니 너도 나에게 전이됐나?

―아무래도 좋다고 할 수 있네만, 아무튼.

―커다란 여자에게, 아니, 사람이라고 해야 맞을 거야. 여자, 아니, 사람이 내 위 올라앉았는데, 그때에는 링 안에서 프로레슬러에게 눌려있는 느낌이었

어. 오행산 바위에 깔린 손오공의 기분이랄까. 그렇게 공포의 시간이 시작되었는데, 이후 공포 중 약간의 질량이 쾌감 비슷한 것으로 변하기 시작했는데,

― 여러 매체에서 제아무리 환상적으로 표현한다 해도 섹스는 다 비슷하잖은가?

― 혼자 사는 나야말로 그렇게 생각했지. 문대고 주무르고 빨고, 그러다 한순간 각자 화장실로 후다닥 향하고. 이렇게 순식간에 휩쓸고 지나가는 생식행동이라고. 이런 부류의 행동은 씹지 않고 삼킨 고기와 같아서 맛이나 영양 측면에서도 건성이기 십상이야. 대부분 그렇다는 얘기야. 내가 사십 년 넘게 혼자 살았어도 이 정도는 알지. 그런데 다른 경우가……,

― 경험적 데이터가 많은 사람처럼 말하는군. 내가 자네에 관해 아는 사실과는 매우 다르네만. 듣고 보니 이 사안 또한 그리 거칠게 봉합해 주장할 사안은 아닌 것 같군. 주체와 객체, 환경과 상황, 그리고 개인적 경험까지 모든 것이 모여 이뤄낸 총체적인 화학작용을 섹스라고 할 수 있다네. 그런 면에서 자네 결론은 너무 성급하고 거친 것으로 보이네만. 그리

고 자네는 중요한 사실 하나를 빠뜨렸더군. 지나간 섹스의 기억은 그렇게 척박해지는 게 보통이지. 몽롱했던 희망 사항이 바늘에 찔려 터지면서 쪼그라든 풍선 같은 것이 된다네. 반론을 제기하고 싶다면 이 대부분은 남자의 경우일 뿐이라고 제한하지. 대신 다가올 섹스에 관해서는 사람들은 망상이라고 부를만한 환상을 가지고 있다네, 그래서 그 환상을 바탕으로 아주 크고 화려한 풍선을 불잖나? 화장실로 뛰어드는 순간 빵하고 터질지언정. 그러니까 섹스를 서툴게 정의하기보다는 자네가 어느 시점에 서서 섹스에 관해 사유하느냐, 그 시간적 관점을 더 고려하라는 충고일세.

―누군가 인생에 대해 충고하는 사람에게서는 빨리 도망가라고 말했지. 나는 네가 도망가도록 할 수도 있어. 그리고 너는 후다닥 달려가 들러붙을 곳이 간과 쓸개 말고도 더 많은 모양이지? 이랬다가 저랬다가 또 몽땅 다 취소할 수도 있는 놈인데? 너는 뭐든 나에게 반대하기 위해 존재하는 놈이야? 내 터져버린 풍선에 관한 얘기는 여기서 끝내야겠어.

─그 또한 자네가 자유의지라는 걸 가지고 있다면 행사할 수 있는 자유이네만, 우리가 왜 대화를 시작했으며 무엇을 위해 여기까지 왔는지 잘 고려해보는 일을 추천하네. 자네가 쏟아낸 저급한 욕들은 내 인내심으로 묻어버리겠네.

─아니, 참는 일은 처음부터 내 몫이었지. 네 오락가락 말투에 대해.

─스멀스멀 올라오던 쾌감에서부터 다시 이야기를 시작하는 건 어떨까?

─흠, 여자가 누워있는 나를 꼼짝하지 못하게 한 힘은 물리적 완력이 아니었어. 극복할 수 없는 정신적인 완력이라고 할까? 시간이 지나면서 그 완력이 조금씩 편안해지는 거야.

─자네 얘기를 따라가다 보면 자네는 기골이 장대한 여자를 만나는 순간부터 아무것도 못 먹은 좀비처럼 여자가 시키는 대로 그냥 따라가고 있다는 사실을 깨우치지 못했나? 마치 이후의 생식행동에 대해 자신은 아무 책임이 없다고 회피하기로 작정한 사람처럼. 자기 행동에 대해 무책임하다고 보일 수

도 있는데.

― 혼자 사는 성인 남자로서 내가 누구와 어떻게 생식하든, 그게 누군가에게, 또 사회적으로 책임질 일인가?

― 이 상황에서 만난 상대방과 또 그와 관련된 사람들에게는 책임질 필요가 없어 보인다 하더라도 모든 관계는 책임이라는 징벌이 함께 따른다네.

― 이 상황을 이루는 요소 중에 가장 이상한 것이 그들이라는 사실이지. 그래서 지금 내가 이야기하고 있고. 너도 짐작하고 있잖아. 그들은 우리와 달랐어. 책임이라? 웃기시네.

― 자네가 나를 웃길 줄도 아는군. 고맙네.

― 훗, 그래. 여자는 내 가슴에 손을 얹어놓는 일 하나로 그들이 가지고 있는 온전한 감정을 내게 전달하는 거야. 내용은 알 수 없지만 말이 아닌 접촉으로 정서를 전달받는 과정에는 묘한 쾌감이 뒤따라왔어. 육체적 쾌감을 넘어선 교감에서 파생되는 육체적, 정서적 자극이라고 할까? 그 느낌은 강렬해. 잊을 수 없지. 시간이 지나면서 교감은 더 깊어졌어. 그것은

물결처럼 퍼져서 내게 속한 세포 하나하나를 찾아가서는 살살 간지럼을 태우는 것 같았어. 그렇게 세포들이 꿈틀거리게 한다고 할까? 정서적 밧줄로 꽉 묶어놓고서 나누는 강압적 교감이라는 말로도 전달할 수 없는 게 너무 많아.

─내용으로 보면 남을 학대하거나 학대받으면서 성적 쾌감을 나누는 이들과 별반 다르지 않아 보이는군.

─그렇게 말해도 어쩔 수 없고 상관도 없어. 너의 고정관념을 뒤집을 수 있을 만한 언어가 없어. 말로 설명할 수 없는 게 있으니까.

─아직 멀었나?

─나는 드디어 여자의 몸 안으로 들어갔어. 아니, 여자가 온전히 내 몸을 받아들이고 감싸안았다고 하는 게 맞을 거야. '드디어'라고 말했다고 해서 극적인 순간이라고 할 수도 없었어. 전체적으로 완만하게 상승과 하강 곡선을 그리는 정서적 운동 중 작은 도약의 순간이었지. 그리고 나는 알았어. 뻣뻣해진 내 생식기구가 나를 움직이는 조종간이었다는 사실

을. 여자는 그 조종간을 이용해 자신이 원하는 곳으로 내 몸과 영혼을 끌고 가는 법을 정확하게 알고 있던 거고. 나는 허공 가운데 어딘가에 도착했어. 수없이 많은 밝은 빛들이 깜박이는 곳이었어. 은하계 바깥 다시는 돌아올 수 없는 시공간에 있다고 느꼈지. 정말이지 우주 한가운데 혼자 동떨어져 있다는 느낌에 휩싸였어. 온몸에 소름이 돋고 한순간 추워졌지. 그러자 불빛들이 사라지면서 어둠과 나만 남았지.

— 한 번의 짧은 섹스에 대해서 지나치게 과잉 해석을 우려내고 있군.

— 나는 정확하게 느끼고 있었어. 네 말대로 하나의 생식행동이 끝나는 순간이었지만, 지금까지 겪었던 어떤 경험보다도 선명했어. 도착하려는 확실한 목적지가 있었고, 목적지에서 욕망이라고 불리는 실체를 만났어. 우리 바닥에 있는 욕망이라는 것이 어떻게 생겼는지 흐릿하게라도 눈 맞추었던 밤이었지. 여자는 거기까지 나를 데리고 갔어. 짧은 시간 안에 능숙하게 나를 조종해 욕망이라는 막연한 구름의 안쪽을 보여준 거지.

─ 자네가 바라본 욕망만큼이나 막연한 이야기로군. 악마가 있든 없든 디테일이 필요한데. 그래서 자네의 생식행동을 이렇게 막연하게 마무리했다는 말인가?

─ 나의 것은 끝났지.

─ 자네의 것? 뭐가 또 있나? 단순한 재방송인가?

─ 아니야. 여기까지라면 그냥 이상한 생식행동에 관한 묘사에서 그치는 얘기이지. 내가 선택할 죽음, 그리고 같은 얼굴을 한 아침들과 무슨 연관이 있겠어?

─ 하긴 그렇군.

─ 나는 여자의 몸 안에 내 DNA 한 가닥이 담긴 생식세포를 남겼지. 그것은 여자가 내게 제공한 육체적, 정서적 감흥에 대한 일종의 대가 같은 것이라는 느낌이 들었어.

─ 일상적인 생식행동의 마지막마다 자연스럽게 등장하지 않던가? 자네 생식세포를 담은 액체, 정액을 말하는 것이군. 아니, 그것이 거래의 결과물이라는 말인가?

─ 반대로도 말할 수 있겠지. 내 생식세포를 얻어내기 위해 여자는 효율적으로 나를 조종했고 결국에는 그곳에 이르렀다고. 내게는 기분 좋게 뭔가를 강탈당한 사건이라고 말해도 틀리지 않을 것 같은데.

　─ 인간이 치르는 모든 생식행동이 거의 그렇게 끝나지 않던가? 그럼에도 진정 한 가닥의 DNA를 품은 자네의 생식세포가 목적이었다면, 머리를 드는 두 가지 의문을 막을 수가 없군. 먼저 우리 사회에서 성인 남성의 생식세포를 얻는 일이 그렇게 어려운 일인지 묻고 싶네. 어떤 목적으로든 간에 누군가 만약 자네의 생식세포가 필요하다면, 예측하기 어려운 많은 과정이 필요한 생식행동, 그 자체도 몹시 거추장스러운 그 행동을 거치지 않더라도 충분히 가능한 일 아닐까? 내 생각에는 약간의 경제적 대가를 준비한다면? 연구나 의학적 목적을 위해서라면 흔히 행해지는 일이잖나. 자네 역시 아무 의미 없이 그냥 버리는 경우가 다반사일 테고. 그리고 두 번째 의문은 왜 하필 자네인가 하는 점이네. 가장 큰 의문이 바로 그것이지. 더 젊고 활동성 좋은 정자를 가진 남성도

많은데 말이야.

　ㅡ 첫 질문에 대한 답은 내가 가지고 있지. 그때 그곳에서 여자의 뒤에 남편으로 보이는 남자가 서 있었어. 그는 예정보다 시간이 더 많이 걸린다고 조용히 말하더군, 여자에게. 여자는 그에게 속삭이듯 대답했어. 사람의 몸이 전체가 융화되어 온전하고 안정적으로 흥분한 상태에 이르러야 양질의 정자들이 강력하게 활성화된다고. 이것이 나에게 더 많은 시간이 필요했던 이유라고.

　ㅡ 후읍! 생식행동을 하는 자리에 남자가 같이 있었다는 말인가?

　ㅡ 군대에서 몰래 라면 끓여 먹다가 갑자기 들이닥친 연대장과 눈을 마주쳤던 밤 이후로 가장 놀란 사건이었어. 생식행동이 끝나갈 즈음 남자는 소리 없이 들어와 여자의 뒤에 서 있었던 거야. 정말 소스라치게 놀랐지만 그럼에도 말할 수도, 몸을 움직일 수도 없었어. 물론 여자는 국그릇 앞에서 숟가락을 드는 일처럼 태연했고.

　ㅡ 조금 전, 가학과 피학을 예로 들었던 내 높은 선

견지명을 스스로 칭찬해야겠군. 셋이라니. 성적으로 제시되는 가능한 경우들을 가능한 한 다 해보려 노력하는 부류인가, 그들은? 자네가 점점 피해자로 보이는군.

—그건 아니야. 그다음이 더 놀라운데,

—아직도 남아있나? 놀랄 일들이?

—아, 그전에 왜 나인가. 라는 질문에 답하고 지나치자고. 왜 나인지는 나도 몰라. 다만 하나 힌트가 될 만한 정보는 처음 만난 식당에서 '눈빛이 좋다'고 던진 여자의 말이 전부인데, 뭔가 추적할 수 있는 고리가 있을 거야. 그리고 그 남자 얘기인데,

—으흠?

—남자는 아무것도 입고 있지 않았어.

—별로 궁금하지도 않군.

—성장기의 소년처럼 키가 작고 왜소한 몸이었는데, 몸 어디에도 성적인 상징이 될 만한 인체 부위가 없었다는 말이야. 인간 남자 대부분이 아랫배 끝에 달고 있는 생식 기구도, 여자라고 추측할 수 있는 부드러운 곡선으로 돌출된 가슴도, 체모 또한 몸 어

디에서도 찾을 수 없었으며, 심지어 젖꼭지가 있어야 할 자리도 그저 평탄하게 피부로만 이루어져 있었다니까. 얼굴은 흔히 볼 수 있는 왜소한 중년의 남자와 큰 차이가 없었지만 몸은 매우 달랐어. 우리 몸에서 흔히 볼 수 있는 것들이 없었는데 뭐랄까, 뭔가가 없다는 느낌보다는 무엇인가로 결정되지 않은 느낌? 아직 어떤 기관으로 분열할지 마음먹지 않은 줄기세포만으로 만들어진 몸이라고 할까? 이제 뭔가 쓰기로 작정하고 펼친 새하얀 새 노트? 아, 이런 비유는 그 사람 나이와 전혀 어울리지 않지.

― 지금까지 자네는 계속 남자라고 지칭해 왔다는 사실을 잊었나? 그렇다면 남자라고 말할 수 없잖은가? 아니, 사람이라고 불러도 괜찮을까? 그는 사람이라는 범주 안에 있는 존재인가?

― 호칭은 어떤 존재를 가리키는 손가락이지 존재를 정의하는 묘비명이 아니야.

― 그 말엔 혹시 내용이랄 것이 들어있나? 그냥 후까시만 잔뜩 들어간 껍데기 말 아닌가?

― 너는 나를 후까시만 잡는 속 빈 공갈빵으로 보

는군. 너야말로 어설픈 깜냥으로 나를 정의해서는 안 되지. 나를 정의할 수 있는 건…….

 ─ 있는 건?

 ─ 나는……, 나를……, 무엇이……, 아니……, 그래, 나는 정의……, 정의되지 않아. 내가 가진 정체는 끊임없이 변화하는 유동적 존재이고 지금의 나는 거대한 변화의 아주 작은 단면일 뿐이지만, 그렇기에 누구도 섣불리 나를 정의할 수 없지.

 ─ 누군가의 이름을 부르는 일은 그 존재를 완성하는 일이기도 하지 않았나? 누구의 시에도 나오고. 자네 또한 시를 읽는 사람 아니던가? 잘 알고 계실 텐데.

 ─ 그런 시각들도 있지. 그렇다면 이름이 지금까지 네가 살아온 모든 시간을 음각한 묘비명이라 할 수 있어. 네 이름이 바로 너인 거지. 내가 네 이름을 부르는 순간 부족함 없는 한 없이 충만한 존재로 뽕, 나타나는 거야. 그런 너에게는 과거는 있지만 미래는 없지. 죽은 묘비명 같은 거지. 이름을 붙인다는 행동 하나로 미래의 가능성을 포함한 온전한 존재가 만들

어지나? 한순간 내가 너를 '개새끼야'라고 부르면 너는 자연스레 강아지가 되는 거지? 개로 살아갈 시간은 뺀. 그래서 아예 누구도 네 이름을 부르지 않는다면 누구도 네가 너인지 강아지인지 강아지도 아닌지 알 수 없겠네.

— 알 수 없는 건 존재하지 않는 것.

— 너를 부르지 않으면 네가 존재하지 않는다? 이것이 현실에서 진실로 판명이 난다면, 우리 사회에 살인 같은 증오범죄는 거의 사라지겠어. 그렇지? 미워하는 존재를 사라지게 하는 아주 손쉬운 방법이 이렇게 있으니. 단지 이름을 부르지 않는 일. 이렇게 좋은 아이디어를 왜 이제야 깨달았을까?

— 개논리를 흉기 삼아 '아무 말 대잔치'를 벌이고 있군.

— 그들의 관계도 대잔치였어.

— 자네를 제외하고 나머지 둘 사이에 잔치가 벌어졌다는 말인가?

— 나를 팽개친 여자와 그는, 아직은 편의상 그라고 부르겠네. 그들은 방의 한가운데로 걸어갔어. 그

들은 선 채로 서로를 부둥켜안았어. 둘 사이에 아주 작은 공간이라도 빈틈이 생기면 거기 몹쓸 악귀라도 끼어들지 모른다는 듯, 서로를 휘감아 완전하게 온몸을 밀착시켰어. 두 마리의 뱀이 서로를 감고 있는 모양이기도 했고, 오랜 시간 동안 기둥을 타고 올라간 등나무 가지가 잎을 내어 기둥과 가지의 경계선까지 지워버리고 한 몸이 된 것처럼 완벽하게 서로를 감았지. 우리가 흔히 보아온 인간의 생식행동이 아니었어. 욕망이라는 핑계를 두고 서로를 어루만지면서 밀고 당기는 일과는 완전히 달랐어. 서로에게 뚫고 들어가 그냥 하나의 몸이 되기 위해 몸부림치는 것 같았어. 그러고는 격렬하게 요동치기 시작했어. 많은 물이 지나가는 넓은 비닐 호스처럼 꿀렁이는 거야. 얇은 비닐 속으로 많은 양의 유체가 격정적으로 흘러가는 듯 둘은 한 몸이 되어 모든 방향으로 진동했어. 식당 앞에서 흔들리는 공기인형이 떠오르기도 했는데, 딱 그렇지는 않고. 한 존재가 다른 존재에게 생명을 먹이는 듯도 해 보이고, 또 한 존재는 오랜 시간 갈증을 견디고 물을 만났다는 듯이 헐떡거리며 마시는 것 같기도 하고, 거대한 나무가 허공의 수액을 빨아들이듯, 빨리 그리고 아주 천천히 율동했어. 그들 사이에는 뭔가가 흘러가고 받아들였어. 그런데 그 장면을 보면서 나도 뭔가를 내놓음으로 그들과 연결되었다는 느낌이 드는 거야. 기분이 참,

— 짐작할 수는 없지만 좋은 기분은 아니었을 것 같군.

— 아니야. 이상하게 아름다워 보이는 거야. 두 대의 바이올린 소리가 서로를 쓰다듬는 것 같기도 하고 소곤소곤 다투는 것 같기도 하고. 그렇게 어떤 생명의 요동을 본 것 같아.

— 자네도 모종의 관계로 연결되었다?

— 그럴지도 모르지.

— 이제 끝나가나? 자네의 이상한 이야기는?

— 그렇게 서로를 부둥키고 요동치는 시간이 지나면서 그들 모습이 변화하기 시작했어. 분명 남자로 보였던 사람의 몸이 변하는 거야. 그 요동의 와중에 가슴이 점점 커지면서 여자의 가슴이 완성되어 갔어, 피부도 눈에 띄게 밝아지고. 엉덩이도 부풀어 올

라 크지 않은 체격을 가진 여자의 몸이 완성되어 가는 거야. 그 길지 않은 시간 동안. 믿기지 않겠지만 나는 봤어. 참여했고.

─지금까지 자네가 한 얘기 중에 믿을만한 게 얼마나 있기는 했나? 어류 중에는 환경에 따라 개체가 성을 바꾸는 종이 있다는 사실은 알고 있었지만, 사람이? 그것도 짧은 시간 안에?

─몸에 드러나는 성적인 변화가 눈으로 확인할 수 있는 시간에 일어났다는 건 몹시 짧은 시간이지만, 그 변화를 바라보고 있는 내 느낌도 달라졌어. 처음 겪어보는 놀라운 현실이라는 사실을 부정할 수는 없지만 그들의 변화 과정을 보고 있자니 처음이지만 낯설지만은 않은 변화로 보이는 거야. 아, 그가 여자 몸의 특징을 보이기 시작하자 체격이 좋은 여자는 조금 더 남성적 외형으로 변하고 있었어. 마치 서로의 옷을 바꿔 입는 것처럼 성별이 바꿔 입는 것 같았어.

─자네 말이 사실이라면 놀라지 않을 수 없는 일이군. 이성적으로 상황을 분석해 보자면 이것은, 두

단계를 가지는 생식 활동이라고 추정되네만. 아직 어디에서도 보고된 적이 없을 거라 생각되는데. 이 경우를 따라가 보면 수컷 인간의 DNA를 받은 개체가 있고, 여기에서부터 체내에서 수정이 일어나는 것이 보통의 생식 활동이지. 이후 인간 암컷의 역할을 한 개체가 자신의 몸 안에서 자신의 생식세포와 인간 수컷에게 받은 생식세포를 임시로 수정해서 또 다른 개체에 이식하는 것 같군. 그러니까 보통 우리는 그 수정체가 자리를 잡고 성장해 새로운 개체가 되는데, 이들은 다른 개체에게 다시 수정체를 전달해 더 복잡하고 새로운 수정체를 만드는 것으로 보이는군. 몸 안에서 생명을 기르고 출산하는 역할은 최종 수태자가 맡고 있는 것 같네만. 그 변화라는 것은 수태와 출산의 책임자가 자신의 목적에 맞게 몸을 변화시킨 것으로 보이고. 이렇게 정자 제공자, 가공 전달자, 수태자가 각각 따로 역할을 맡고 있는 새로운 단계를 가진 생식 행위라고 추정하네, 나는. 자네는 끌려간 강아지가 되어 의도치 않게 이 과정에 참여한 것이라 볼 수 있을 것 같겠군. 이것은 축하할 일인가? 아니라면 어떤 인간도 받아보지 못한 저주가 될 수도 있겠네만. 그래서 그다음에는 무슨 일이 있었나?

― 이후로 두 번 더 그들을 만났고 두 번 더 복잡한 생식 활동을 했지. 연락은 그들에게서 왔고 만날 때는 다시 처음 그 모습으로 나타났어. 체격 좋은 여자와 왜소한 남자.

― 내가 할 수 있는 추측은 그들이 자신의 후손을 만드는 일은 생각보다 복잡하고 어려운 일이라는 것이네. 셋이 몸을 나누어 하나의 생명을 만드는 일이니 당연하게 성공할 확률이 떨어질 거라 예상되네만.

― 여전히 매일 새벽이 똑같아, 나에게는. 같은 꿈을 꾸는 거야. 그런데 최근에는 꿈이 하나 더 늘었어. 꿈꾸는 시간 앞뒤로 새로운 꿈이 끼어들고 있어. 밤을 건너는데 베개 하나가 더 필요하게 된 거지. 꿈은 이렇게 벌어져. 나는 혼자 서있어. 70년대 서울 변두리 같은데, 이제 막 다세대주택을 짓고 있는 동네야. 바둑판처럼 정사각형의 테두리를 이루는 도로들은

미리 깔려있지만, 택지는 대부분 공터야. 이 층짜리 주택이 들어선 구역도 있지만 그렇지 않은 땅은 잡초가 허리까지 자라있어. 나는 어딘가로 걷기 시작해. 꿈속의 나는 목적지를 알고 있는 듯 빠른 걸음으로 걷지만 그를 보는 나는 어디로 향하는지 몰라. 손에는 큼지막한 봉투가 하나 들려있어. 누군가에게, 아니 엄마에게 전달해야 할 무엇인 것 같아. 저 멀리 동네를 가두고 있는 낮은 동산은 핏물처럼 번지는 붉은 노을에 짓눌려 있어. 나는 헐떡거리기 시작해. 이제 시간이 별로 없어. 점점 어두워지는데, 낮은 집이 보여. 낮지만 이층집이야. 대문 앞에 누군가 서 있어. 나는 뛰다시피 다가가. 나이 든 여자야. 자그마한 체구에 동글동글한 엄마야. 거기 엄마가 서 있어. 막 소리쳐 엄마를 부르려는데, 대문이 열리면서 또 한 여자가 나와서 엄마 옆에 서. 여자는 그렇게 지그시 나를 쳐다봐. 엄마야. 둘 다 엄마야. 분명 다르게 생긴 여자 둘인데, 난 다 알아. 둘 다 엄마야. 다르지만 둘 다 나를 낳은 엄마야. 나는 그 둘 앞에 서서 어쩔 줄 몰라. 그 둘 중 하나에게 내 손에 든 봉투를 주고 또 둘 중 하나에게서 뭔가를 받아가야 해. 나는 알아. 내게는 시간이 없다는 사실과 둘 다 진짜 내 엄마라는 사실을. 나는 몰라. 누구에게 봉투를 주고 누구에게서 무얼 받아야 하는지. 나는 봉투를 바닥에 집어 던지고 돌아서 걷기 시작해. 어디로 가는지도 모르고 그냥 걷기 시작해. 그 동네를 떠나야 한다고 생각하지만 아무리 걸어도 동네를 떠날 수 없어. 그냥 맴돌아. 그냥. 그러다가 잠이 깨.

— 자네가 새벽마다 꾸는 그 같은 꿈, 그 자가생식의 꿈이 시작된 때가 그들을 처음 만나고부터라고 했었지?

— 맞아.

— 꿈과 현실을 자세하게 연결 짓기는 어렵지만 자네 무의식에 그들이 들어와 시작되었다는 사실은 자명해 보이는군.

— 그 정도는 누구도 알 수 있어.

— 그리고 새로 시작된 꿈은,

— 꿈은?

— 태몽 같은데?

―…….

―아, 진정하시게나. 지금이 내가 자네에게 장난이나 치고 있을 맥락이 아니잖은가? 그럴 환경도 아니고. 그렇지. 지금의 생물학적 환경으로 볼 때, 자네가 직접 수태하기에는 무리가 많다고 나도 생각하네. 만약 그렇다면 이천여 년 전 처녀가 수태한 이후로 또 하나 기록에 남을만한 기적이기는 하지만, 만약 그렇다면 이천여 년 만의 악몽이 자네의 것이 되는 일이기도 하지. 내가 태몽이라는 말을 썼다고 해서 꼭 그런 상황을 적시하는 것은 아니라네. 그런 태몽은 아니라고 단언하네. 아니고말고. 내가 무의식에 관해 조금 알고 있다는 사실을 자네도 알고 있잖나. 자신과 여러 종류의 관계로 얽혀있는 존재가, 물론 성적인 관계도 포함된다네, 그런 존재가 새로운 생명을 가질 확률이 있거나, 또는 새 생명에 대한 기대를 품고 있다면 태몽을 꿀 수 있다는 사실은, 존재의 바닥에서 출렁이는 무의식에는 이상한 일이 아니라네. 그런 의미에서 태몽이라고 말하는 것이네. 그리고 태몽에서 엄마가 등장하는 경우는 흔한 것일

세. 생명은 윗대에서 아랫대로 이어지는 자연스러운 현상 아닌가? 또한 생명은 뭔가를 주고받는 일이기도 하지. 그렇게 만들어지고 그렇게 흩어지지. 자네 꿈에 나온 엄마에게 전하는 봉투는 그런 상징일 가능성이 크지. 아, 그럴 수 있다는 말일세.

─ 네 얘기는 최근에 나와 연관된 사람이, 아니 존재가 새로운 생명을 얻는다고?

─ 무의식은 해석의 영역일세. 무의식의 부분적 표출인 꿈도 당연히 그렇지. 반드시 그렇다는 확신은 아니라는 말도 추가해야겠군.

─ 그들이?

─ 내 해석이 객관적 존재를 지칭한 건 아닐세.

─ 내가 왜?

─ 깊은 연관이 있겠지. 아, 이것도 깊은 추측일 뿐일세.

─ 그러면 꿈에 등장하는 나는 무엇도 확신하지 못하고 왜 그냥 헤매기만 하는 거지? 봉투도 전달하지 못하고 다시 헤매기 시작했어. 왜?

─ 그거야 뭐, 지금까지 살아온 자네의 생활 태도가

투사된 결론이 아닐까 싶네만. 이것도 확신은 아닐세. 그리고…….

─그리고 뭐?

─전달하지 못한 봉투 얘기를 하니까 번뜩 찾아온 생각인데, 그 꿈 태몽과 반대일 수도 있겠네. 태몽이야 새로운 생명에 관한 예감이라고 할 수 있지만, 자네 꿈의 답답함으로 보건대 그와 반대로 새롭게 생명을 만드는 일에 장애물이나 걸림돌, 아니면 누군가 방해하는 상황에 대한 암시로도 볼 수도 있겠네. 자네의 무의식이 표현하는.

─혼자 사는 내가 어떻게 새로운 생명을 만들거나 또 방해를 받는다는 얘기지?

─그건 나도 알 수 없지만, 두 개의 자네 꿈이 어떤 분위기를 가지고 있고 어떤 뉘앙스를 풍기고 있는지 스스로 생각해 보게나. 사람이 가지고 있는 지능이라는 것은 대충 찌개나 끓이라고 있는 것이 아니라네.

─그래서? 왜? 내가?

─흥분은 잘 가꾼 이성을 한순간에 냄새나는 똥으

로 만든다네.

─내가 지금 흥분했다고? 흥분했다면 태몽이거나 반 태몽이라고 헛소리를 지껄이는 네 해석 때문이잖아?

─잘 진정하면 그 똥이 거름이 되어 열매를 키운다네.

─그래서 왜 나인데?

─세상이 지금 이 모양 이 꼴인 이유는, 세상이 자신을 움직이는 원동력을 선택할 때 필연이나 잘 정돈된 계획, 강력한 정의, 뭐 이런 것들이 아니라 우연이라는 힘을 선택했기 때문일세. 모두 우연이라네. 자네가 조금 무식하게 사는 일도, 자네가 그들을 만나 이상한 생식행동을 한 것도 모두 우연의 작품이라네. 그러니 대책 없이 흥분하는 대신 우리는 이제 처음으로 돌아갈 때가 되었다네.

─처음?

─우리가 처음 얘기를 시작했을 때 자네는 죽기로 했다는 다짐을, 아니 선택을 내게 말하지 않았었나? 그냥 기다리면 찾아올 죽음 대신 바쁘지도 않으면서

서둘러 죽겠다고 하지 않았나. 지금까지의 방향 없는 논의도 모두 그 이유를 찾기 위한 것이었고.

─아, 그랬었지? 내가 죽기로 했었지. 다시 생각났어. 모두가 우연의 힘으로 돌아가는 세상에서 너는 제자리를 잘도 찾아가네. 모두 생각났어, 다시.

─그 또한 우연의 힘일세.

─나는 죽을 거란 말이지, 스스로. 내 목숨을 내 의지로 처분하는 일이야.

─다시 묻겠네. 뭘 그리 서두르나? 자네는 바쁜가?

─그럴 리가 있나. 아니야. 그리고 이제 나는 답을 얻었어. 왜 죽어야 하는지.

─자네와 나의 관계로 미루어볼 때 굳이 애까지 써가면서 죽는 일은 말리고 싶네만. 그런 취지에서 자네 얘기는 들어보기로 하지.

─최근의 일이야. 네 말대로 같은 얼굴을 한 아침들은 같은 꿈 때문일 수 있어. 그것들 때문에 아주 불안했지. 불안했어. 그러다가 깨달았어. 생명의 바닥은 이런 불안이라고. 생명이 뿌리내리는 토양은 높은 에너지로 들끓고 있는 허공이야. 생명은 작은 공

간에 모인 분자들이 일시적으로 아주 높은 질서를 유지하고 있는 유기체 덩어리잖아. 그렇지? 그렇다면 당연하게 아주 큰 에너지가 그 배경이 되어야지. 거기서 싹이 터서 자라는 미세한 질서, 그게 생명이지. 아주 불안할 수밖에 없겠지? 생명은 그래서 운명적으로 불안한 거야. 대단하지 않아? 내가 생명이 가진 운명을 밝혀냈잖아. 생명이 가진 태생적인 불안. 그게 생명의 운명이지.

― 결국 불안해서 죽겠다는 말인가, 자네는? 사람들이 보통 '불안해서 죽겠다'라고 말할 때는 불안할지언정 절대 죽고 싶지 않다는 강력한 의지 표명인데, 자네는 불안을 이유로 스스로 생을 마감하겠다는 말인가?

― 서둘지 마. 이제 죽음을 얘기해야 해. 최고의 엔트로피 상태가 뭐야? 어떤 움직임도 없는 최고의 무질서이지. 아무 움직임도 없는 편안한 상태. 죽음이지. 우리가 죽는다는 과정은 불안으로 진동하는 고도의 질서 상태에서 벗어나는 일이지. 편안한 무질서를 회복하는 일이야.

─ 편안함을 핑계로 죽음이라는 편안한 상태를 회복하겠다?

─ 그들과 나눈 생식행동으로 나는 평소에 잊고 지냈던 생명의 바닥에 관한 느낌을 얻었어. 생명은 따뜻하고 위로를 주잖아. 진짜 생명에게는 생명만이 위안이지. 좀 편협하지 않아? 자기들끼리 모여서 서로에게만 주고받는 위안이라니. 그것이 의미일까? 만들어진 의미이지. 그래서 무의미를 외면하는 일이야. 왜 그럴까? 왜? 생명이 불안하기 때문인 거야. 욕망은 그 불안에서 자라난 붉디붉은 꽃이야. 벌을 유혹하기 위해 꿀을 가진 꽃. 아주 붉은 꽃. 나는 그냥 꿀벌로 살아왔고 또 아무 생각 없이 꿀벌의 임무에 따랐지. 은유라고? 은유일 수도 있고 그냥 진짜 현실이기도 했지. 욕망이 허망한 이유는 불안에서 자랐기 때문이야. 그래서 어떤 꿈도, 모든 꿈이 허망한 욕망의 결과물이라고 우겨도 딱히 반대할 논리가 없어진 거야. 내 안에서는.

─ 자네 말대로라면 불안을 제거하고 편안해지기 위해, 의미라는 편협함에서 벗어나 무의미라는 엔트

로피를 회복하기 위해 죽겠다는 것이군. 이것이 논리를 가진 말인가?

― 안 되는가?

― 논리만 가지고 있군. 정서적 진실은 빠져버린 채로.

― 사실 조금 궤변이긴 하지, 네 이해를 돕기 위해 파스칼의 논리대로 따져보지.

― 몹시 이상한 일이라고 말하지 않을 수 없군. 자네는 갑자기 이성적이고 논리적이면서 유식해지기로 작정하였는가? 그런 일이 작정으로 되는 일인가? 혹시 그 이상한 생식행동 때문에 일시적으로 발생한 부작용인가?

― 내 논리가 아직 사라지기 전이니 얼른 들어야 해. 헛소리를 넣을 헛간이나 있을지 의문이야? 하여간 그건 집어치우고. 자, 인생은 의미가 있거나 없거나 둘 중 하나겠지. 삶이거나 죽음이거나 둘 중 하나인 것처럼. 먼저 인생에 의미가 없다면, 인생 그 자체로 아무것도 아니야. 그렇지? 아무것도 아닌 것을 집어던지는 일은 정당한 일이잖아? 그러니 죽는 일

도 어쨌든 상관없는 일 중 하나지. 반대로 인생에 의미가 있다면, 다시 둘 중 하나인 거야. 먼저 우리가 의미 있다는 사실을 알게 되었다는 말은 이미 일정한 의미가 존재한다는 사실이고, 그러면 이미 의미가 이루어진 것이지. 이미 이루어진 일 안에서 우리가 무얼 할 수 있겠나? 할 일 없는 인생은 던져버려도 되는 것이지. 다음으로 의미가 있으나 이루어지지 않았다면, 이미 40억 년의 역사를 가진 생명에게 그 의미가 아직도 이루어지지 않았다면 이루어질 확률이 아주 낮은 거지. 그렇게 낮은 확률에 목매고 사는 일은 또한 착각인 거지. 우리가 살아있다는 일 자체가 착각인 거지. 개나 줘버릴 일이지, 우리 인생은. 그래서 인생은 아무것도 아니거나, 할 일 없는 무엇이거나, 착각인 거지. 어때? 우리가 죽을 이유는 충분한 논리를 가지고 있지? 알아듣겠어?

— 역시 논리는 있지만 논리만 있네. 이런 구조를 가진 말은 그 말이 있는 자리에 반대의 뜻이 있는 단어를 넣어도 그대로 성립하지. 논리는 그저 연장일 뿐일세. 그 연장은 좋은 길을 탄탄하게 만들기도 하

지만 진실을 때려죽일 때 사용되기도 한다네. 지금까지 들은 자네 얘기를 종합해 볼 때, 요즘 들은 얘기 중에 가장 논리적으로 개 짖는 소리와 비슷하다네. 이 또한 그저 욕만 담은 말은 아니라네.

  ― 이제는 화가 나지 않아. 네가 가끔 그렇게 찔러서 나를 화나게 하고, 내가 화가 나면 얼렁뚱땅 내 말을 지워버리고 네 말로 다시 채웠잖아? 나는 화도 나지 않아. 그냥 말하겠어. 맞아 아까 네가 얘기했지만, 그냥 계속 앞으로 나아가는 거야. 맞아. 앞으로만 가는 거야. 그래야 중요한 것을 모두 볼 수 있어. 돌아보지 않고 그냥 앞으로 나아가는 것이 통시적으로 보는 방법이야. 그냥 지나쳐야 해. 에둘러보지 않고 앞으로만 나아가는 거야. 그렇게 사는 일이 가장 깊은 결론을 얻을 방법일지 몰라. 결론이 달라지지 않을지도 모르지만 길이 다르잖아. 그래서 내 삶에서 손에 잡히지 않는 안개 같은 이유 말고 내가 죽으려는 현실적인 이유를 찾았잖아? 관념적으로 보인다고 욕할 일도 없어. 관념을 만든 자는 다름 아닌 현실이고 그 안에 사는 인간이니까. 그렇게도 현실적인

이유가 되는 거지. 나도 알아. 내 죽음이, 죽을 거란 결정이, 죽으려는 이유가 너한테도 심각한 영향을 끼친다는 사실. 본능적으로는 알고 있지만, 그런 생각을 하는 지금에서야 의문이 들어. 너는 누구야? 말하고 보니 지독하게 신파적이네. 전에 네가 한 말 이해가 되네. 신파라.

─호, 존재라는 것은 그 자체로 신파라네.

─신파는 양식이라고 하지 않았던가? 네가 한 말인데.

─그러는 자네는 누구인가?

─그래, 그래서 너는 누구야?

─우리는, 아니, 자네와 나는 서로가 누구인지도 모르고 긴 시간 담화를 나누었단 말인가?

─나는 내가 누구인지 대충 알지. 그런데 너는 누구야? 정말 모르겠네.

─나 또한 내가 누구인지 잘 모른다네. 무엇일 수도 있지만 그래서 무엇인지 모르는 존재일세. 아니 심지어는 존재가 아닐 수도 있다네. 다른 누군가를 잡아 오는 포충망일 수 있고 또 다른 사람 품에 뛰어

드는 폭탄일 수도 있네. 그 둘 다일 수도 있기에 또 아무것도 아니라네. 나 또한 그렇다는 말일세.

― 오호, 갑자기 비장해지네? 이제 옳든 그르든, 관념이든 현실이든, 내 것이든 네 것이든, 죽음의 문제를 대충 훑었으니, 네가 누군지, 내가 무엇인지 따지는 일을 더 이상 미룰 수 없는 시간이 왔어.

― 존재는 관계로 결정된다네. 알잖나? 그러면 먼저 관계를 따져봄세. 자네와 나는 다른 듯 크게 다르고, 닮은 듯 차이가 별로 없다네. 가까운 듯 상극이고, 서로 다른 절벽 너머에 발을 딛고 있지만 가장 깊은 곳에서 묶여있다는 느낌을 지울 수 없네. 양자역학에서 말하는 중첩이라는 상태가 떠오르는군. 내 느낌으로는 이렇게 얘기할 수 있을 것 같네만? 하나의 존재가 가진 두 개의 얼굴. 가까이 있지만 손에 잡히지 않고 그러나 빤히 보이는 자네는 나의 반전상(反轉像)일세. 한마디로 설명할 수 없으나 무리하게나마 한마디로 얘기하자면 그렇다네.

― 반전상? 거울 안에 있는 나? 그러니까 네가 나라는 말이야? 거울 안에서 나를 보고 있는? 그렇게 좌

우가 뒤바뀐?

― 굳이 정의가 필요하다면 그렇다는 말일세.

― 너와 내가 같다고? 그러면 네가 거울 안에 있는 환영이야?

― 자네가 그리 말하면 나는 이렇게 말하겠네. 내가 바깥이고 자네가 거울 안에 있다네.

― 거참. 뭣 같은 경우일세. 내가 거울 안에서 좌우가 바뀐 채 나를 따라 하는 허상과 지금까지 속을 털어놓고 또 싸우고 있다고?

― 역시 자네는 잘 모르고 있군. 거울은 좌우를 바꾸고 있는 게 아니라네. 거울은 안과 밖을 뒤집고 있는 거라네.

― 그럼, 네가 밖이고 내가 안이라고? 안이든 밖이든 그 거울인지 뭔지 확 깨버리기 전에 증명해 봐.

― 그런 흥분은 똥도 거름도 만들지 못하네. 차분히 이야기를 들어볼 일일세. 자, 우리가 설거지할 때 쓰는 고무장갑을 떠올려보게.

― 그 얘기, 짧을수록 좋을 거야. 더 짧은 단어로 나를 설득하면 더 나을 거고. 네가 있건 내가 있건 그

거울이고 뭐고 확 깨버릴 테니까.

― 우리가 애용하는 고무장갑이 앞에 있다네. 엄마들이 설거지할 때 빨래할 때도 쓰고, 김장할 때는 십여 켤레의 똑같은 후손으로 복제되어 동네 아주머니들 손을 구분할 수 없는 같은 손으로 만드는 분홍색 고무장갑. 일이 끝나면 속도 잘 마르라고 뒤집어놓은, 겉은 과하게 익은 분홍색이고 속은 누리끼리한 고무장갑.

― 그래서?

― 거울은, 그러니까 반전상이라고 하는 것은 좌우를 바꾸는 것이 아니라 겉과 속을 뒤집어버리는 일이라네. 이제 고무장갑을 뒤집어 봄세. 그리고 잘 보면 겉이었던 분홍색이 속이 되고 누리끼리한 밝은 색이 겉이 됨과 동시에 오른손 장갑이 왼손 장갑으로 바뀌어 있다네. 좌우 대칭인 것들은 뒤집힘과 동시에 오른쪽과 왼쪽이 바뀌는 효과가 나타나는 것일세. 우리가 거울을 보면서 거울 안에 있는 자기 모습이 오른쪽과 왼쪽이 바뀌었다고 생각하지만, 사실은 자기 내면을 뒤집어서 보고 있는 것이라네.

―그래서? 내가 뒤집어진 것이 너라는 거야?

―아니라네. 그저 하나의 이론을 제시하는 일이지. 자네와 나를 잇는 관계에 관한.

―그래서 내가 겉 거죽이고 너는 내피라?

―나는 어떤 방식으로도 직접적인 표현을 하지 않았다는 사실을 주지하게나. 자네의 안정을 위해서 하는 말은 아니네만, 장자(莊子)에 보면 이런 말이 있더군. '귀와 눈은 안으로 통하게 하고, 마음과 앎을 밖으로 하라. 그러면 비상한 힘도 들어와 머물 것이니, 이것이 만물의 변화라는 것이라.' 해석 없이도 쉬이 알 수 있지만, 이 말의 뜻은 귀와 눈을 안으로 하여 깊은 내면의 세계를 들여다보게 하고, 일상의 마음과 거기서 나오는 앎을 밖으로 하여 버릴 때, 지금까지 경험하지 못한 초월적 힘이 발동한다는 의미일세. 어떤가? 장자가 이른 대로 자네의 내면과 외면은 서로 다른 역할을 함으로 온전한 인간으로 더 나아가 세상을 통찰하는 초인으로 성장할 수 있지 않겠는가?

―네 말대로면 너는 눈과 귀로 안을 들여다보고

나는 뭐든 밖으로 버려라. 이런 말이네.

― 정확하지는 않지만 비슷하다고 볼 수 있다네. 자네와 내가 함께 온전한 존재로 나아갈 수 있는 유일한 방법이더군.

― 곧 무의미한 생을 버리기로 한 나한테 뭐가 중요하겠어? 물 밖으로 나가기로 결정한 개구리에게 물속에서 흔들리는 수초의 박자가 무슨 의미가 있겠어?

― 그래서 줄곧 자네에게 말하고 있는 것일세. 우리에게 바쁠 일은 없다고. 수초는 몸을 흔드는 일로 바쁘다고 생각하지 않는다네. 그저 물이 흔드는 대로 몸을 맡길 뿐이지.

― 깊이 생각할 일도 아니지만 한 번 더 생각해 볼게. 나의 내면이라고 주장하는 친구!

― 내면과 외면은 한 몸에 붙은 두 개의 눈일 뿐!

― 나에게는 무의미라는 흉기가 있어. 그 계단에 올라 쉽게 세상을 떠나는 버스에 오르더라도, 오를 때 오르더라도 당장은 내일 취재를 위해 버스에 올라야 해.

② 트라이만과

15:45

"역시 하늘은 가을이 제격이지. 청명해. 아주 청명해."

정 과장은 자신이 꽤나 멋진 문학적 표현을 했다는 듯 뿌듯한 표정을 지었다. 누구의 눈살이든 가리지 않고 모두를 찌푸리게 하는 그의 표정은 도를 모르는 자신감에서 흘러넘치는 것이라는 사실 또한 누구나 보는 즉시 알 수 있었다.

"호텔, 위치 하나는 끝내주네."

운전하던 김 팀장은 가능하면 뒷좌석에 앉아 창밖을 바라보는 정 과장의 독백에 어떤 대꾸도 하지 않으려 작정했지만, 업무와 관련된 언급은 그냥 지나칠 수는 없었다. 그렇다고 말투까지 매끈하게 다듬을 성의는 가지고 있지 못했다.

"이렇게 호수를 끼고 들어가는 3km 정도의 길이 호텔로 들어가거나 나올 수 있는 유일한 길입니다. 호텔 뒤쪽은 높지 않지만, 험악한 지세를 가진 산으로 둘러싸여 있고요. 진입로만 확보하면 잃어버린 성냥개비 하나도 찾을 수 있답니다. 장소 헌팅했던 애들 말입니다."

"누가 요즘 성냥개비를 쓰나? 거 참, 옛날 사람이네, 김 팀장. 흐음."

정 과장은 다시 뿌듯하게 웃는다. 자신보다 나이가 적은 후배를 옛날 사람으로 만들어야만 자신이 젊은 감각으로 다시 태어난다는 미신의 신봉자 같았다.

"하여간 좋아, 이 호텔 이번 작전에 딱이야."

"작전이 아니라 행사라고 말하세요. 실제로 유전

공학 학술대회이고요."

"알아, 알아. 그냥 우리 둘이잖아. 생긴 것처럼 까칠하게 굴긴. 근데 호텔 이름이 뭐라고 했지?"

"프리마 호텔입니다."

"프리마? 옛날에 커피 탈 때 세 스푼 넣던 하얀 그 프리마? 호호."

"과장님, 참 옛날 사람입니다."

"직장, 그것도 국가기관 상관한테 한마디도 안 지려고 하네. 너 그거 일종의 반역 행위야, 알아?"

"잘 모릅니다."

"어휴, 저걸 그냥. 너 이번 일 끝나면 최소한 발령이다. 여기가 어디야? 제충이지. 여기 제충시에서 제일 가까운 촌구석 지국으로 발령이야."

"마음대로 하십쇼. 아, 시베리아는 어떤가요? 냉동되어 영원히 살게요. 과장님 기억하면서."

제충시에서 8km 정도 떨어진 곳에 자리 잡은 호텔은 4층 건물에 20개 정도의 객실을 가진 크지 않은 규모였다. 그럼에도 분위기는 남달랐다. 반원 모양의 건물은 호수를 향해 열려있었고 등 뒤로 거칠게 일어선 산이 호위하는 형국이었다. 호텔로 이어지는 이차선 외길에는 키 큰 측백나무들이 줄지어 서 있는데, 그 풍광은 아름다우면서도 어딘가 묘하게 칙칙한 기운을 풍기고 있었다.

"김 팀장, 우리 차 말인데, 우리가 하는 일에 비하면 너무 작은 거 아니야? 우리가 세계를 구할지도 모르는데, 겨우 턱걸이한 중형차라니."

"우리가 치를 행사 계획이나 다시 검토하세요. 잘 굴러가는 우리 관용차에 대고 푸념이나 쏟아내지 마시고."

"그러는 자네는 운전이나 잘하지 왜 자꾸 엉덩이를 들썩이면서 더럽게 만지고 그러는 거야?"

김 팀장은 짐을 싸면서 빼놓고 온 치질약이 떠올랐다. 약을 건너뛰어 통증이 시작되었는지 자신도 모르게 자꾸 손이 엉덩이로 가고 있었다.

"출장지에서 무개념 발언으로 현지 조퇴하는 요원 얘기 들어봤나요? 초유의 일이 벌어질지도 모릅니다."

"그러니까 김 팀장도 잔소리 그만하라는 말이야."

차가 진입로에 들어서고 얼마 지나지 않아 짙은 녹색의 가로수 아래로 자극적인 빨간색 점 하나가 다가왔다. 호텔 쪽을 향해 걷는 여자였다. 여자는 차가 다가오는 소리를 듣고는 힐끔 뒤돌아보며 보일 듯 말 듯 살짝 손바닥을 흔들었다. 차를 세워 자신을 태워 가라는 손짓이었다. 김 팀장은 차의 속도를 줄일 생각이 없었다.

"어이, 김 팀장. 차 좀 세워봐."

"안 됩니다. 공무 수행 중입니다."

"말 좀 듣자. 여기 호텔 들어가는 사람이잖아. 엎어지면 무릎 닿을 데인데 뭐."

불만스레 투덜거리던 차는 여자를 5m 정도 지나친 곳에 멈췄다. 전혀 서두르는 기색 없는 하이힐 소리와 함께 여자는 천천히 다가왔다. 차 안의 남자 둘은 뼈 어긋나는 소리가 들릴 때까지 고개를 꺾어 다가오는 여자를 바라보았다.

과하게 터져버린 석류 같은 여자라고 생각했다. 앞 조수석에 울컥 안길 때 풀썩 올라온 석류 향 때문만은 아니었다. 빨간색 원피스에 은은하게 새겨진 석류알 무늬 때문도 아니었다. 풍성한 원피스로도 애써 감출 수 없이 드라마틱한 곡선으로 드러나는 가슴과 엉덩이 때문이었고 잘 익은 욕망만이 흘릴 수 있는 촉촉한 시선 때문이었다.

"아, 고맙습니다. 걷기에는 꽤 먼 거리인 데다 걷기에는 아직 뜨거운 계절이네요. 신사분들 덕분에 오늘도 편안하게 일을 시작할 수 있겠네요. 제 고장 난 차를 아직 돌려주지 않네요. 흔한 차가 아니라서, 정비공장이 멀리 있거든요."

먼저 차 안에 있던 네 개의 눈동자는 천천히 그리고 신중하게 여자의 얼굴을 훑었다. 시원하게 뚫린 눈을 중심으로 튀어나온 이마와 광대는 역시 큼직한 코와 높이를 경쟁하고 있었지만 하얀 피부가 이들의 기세를 눌러 균형을 맞추려 노력했다. 그리고 두툼한 검붉은 입술이 이들 모두를 끌고 나아가 선명한 이미지를 만들었다. 강하고 진하며 농염하고 음흉했다. 다시 요약하자면 적당히 나이가 있는 고급 술집 사장님의 인상이었다. 질끈 동여맨 긴 머리카락은 뒤통수에서 왼쪽 어깨로 흘러내리고 있었다. 뒷좌석에 있던 정 과장은 여자의 머리카락을 보고 잠깐 구렁이를 어깨에 메고 다니나, 생각했다가 고개를 흔들었다.

"아닙니다. 도와야죠. 이런 여성분이 땀 흘리며 걷는 일은 제충시 조례에 어긋나는 일입니다."

정 과장이 등받이에서 여자를 향해 허리를 세우며 민망한 드립을 구사하자 김 팀장은 들리지 않게 혀를 찼다.

'저 덩치에 소갈머리 하고는!'

"하하, 재미있는 분들이네요. 제가 맞춰볼까요? 두 분 대학교수시죠? 내일부터 호텔에서 무슨 과학 콘퍼런스 열리던데. 아, 저는 호텔 지하에 조그맣게 바를 운영하고 있어요. '포머'라고. 석류가 영어로 'pomegranate'이잖아요? 그 앞 글자를 땄어요. pome인데 poem, 시라는 말하고도 비슷하잖아요. 제가 시를 좋아하거든요. 물론 쓰기도 하고요. 이따 저녁에 들르세요. 이렇게 차도 얻어 탔으니 답례해야죠."

차 안의 두 남자는 석류라는 말을 듣고는 잠깐 숨이 멎을 듯 놀랐다. 그들의 상상이 마술처럼 현실이 되는 경험이라고 할 만했다.

"석류라니 참 잘 어울립니다. 아, 그리고 우리는 교수가 아닙니다."

김 팀장이 슬쩍 대꾸하자 정 과장이 얼른 따라붙었다.

"저는 나랏일 합니다. 하하."

"나랏일이라면?"

"아 그냥, 공무원입니다. 콘퍼런스에 학술 지원금이 조금 나갔는데 그 집행과 관련해서 관리·감독 차 나왔습니다."

정 과장이 뿌린 설레발을 김 팀장이 겨우 얼버무리는 사이 호텔 입구가 다가왔다. 김 팀장은 호텔 정문 대신 건물 옆 지하 주차장 입구로 방향을 잡았다. 그러자 정 과장이 다급하게 김 팀장을 불렀다.

"김 팀장, 그러지 말고, 우리 먼저 정문에 내려주고 지하에 주차하지?"

"우리요?"

"아니, 여기 사장님도 그렇고 나도 그렇고 정문으로 들어가야지. 내가 체크인하고 있을 테니까, 주차하고 올라와요."

저렇게 값싸게 속이 들여다보이는 사람이 어떻게 정보 분야의 책임 있는 자리에 앉아 있는지 김 팀장은 도무지 이해가 가지 않았다. 전보 신청이라도 해서 얼굴 보지 않고 나머지 직장 생활을 마무리하고 싶은 마음이 굴뚝같았지만, 이번 일까지는 어쩔 수 없었다.

호텔 주 출입구로 차를 돌려 원을 그리며 올라가는 길을 따라 정문에 이르자 정 과장과 여사장이 내렸다. 단정하게 차려입은 사람이 바깥에서 차 문만 열어주면 고위직들이나 치르는 의전의 주인공이 됐을 텐데, 그런 아쉬움을 털어내며 정 과장은 당당하게 현관문을 통과했다. 이때 김 팀장은 룸미러를 통해 차 바로 뒤에 승합차가 서는 것을 보았다. 승합차 문이 열리고 똑같은 트레이닝복을 입은 20대 대여섯이 차에서 내리고 있었다.

'쟤들 3팀에서 지원 나온 애들 같은데. 그러면 쟤들 출동 접수해야 하는데, 정 과장 어떻게 하냐? 아, 그나저나 무지 아프네.'

김 팀장은 서둘러 지하 주차장에 들어갔고, 차를 대고는 서둘러 화장실을 찾았다. 항문을 비집고 나오는 치핵을 어떻게든 정리해야 했다.

"하늘이 좋네. 좋아."
"이제 거의 다 왔습니다. 곧 호텔이 보이겠네요. 교수님."
　서울에서부터 꽉 막힌 수도권 국도를 지나서 3시간 가까이 혼자 운전을 해온 김현중은 종착지가 다가오자 무엇보다 운전에서 해방될 수 있다는 사실이 기뻤다. 또 각자의 방으로 흩어짐과 동시에 나이 든 교수를 모셔야 하는 사정권에서 한동안 벗어날 수 있기도 했다. 물론 박사과정 1년 차 후배 천유경이 조수석에 앉아 있었지만, 아직 학술적으로나 현실적으로 혼자 알아서 움직이기에는 내부 상황을 잘 모르는 데다 여자라는 이유로 교수는 일정 거리를 유지하고 있었다.
　"하늘이 저렇게 좋기는 한데 아직 저 좋은 하늘과 뭔가 거리감이 느껴지지 않나?"

"하늘이란 게 원래 멀리 있는 거 아닌가요?"

김현중은 농담이랍시고 툭 받았지만, 항상 진지하기만 한 박 교수는 침묵으로 못마땅한 기색을 드러냈다. 의미 없는 날씨 치레에 면박을 준다고 생각한 현중도 입을 다물어버렸다. 천유경이 대꾸했다.

"아직 다 가시지 않은 더위 때문 아닐까요?"

"그렇지? 아직 뭔가가 가리고 있지? 그럼 이런 건 어떤가?"

"이런 거라뇨?"

"현실과 나 사이에 뭔가가 가리고 있다고 쳐보자고. 아파트 베란다에 방충망이 있잖은가?"

"예."

천유경이 앞좌석에서 살짝 고개를 돌려서 뒷좌석에서 얘기하는 박 교수에게 경청하고 있다는 예를 표했다.

"거기 큼직한 벌레가 붙어있다고 생각해 볼까? 그리고 벌레가 안쪽에 있는지 바깥에 있는지 알아낼 방법이 있잖을까?"

천유경이 바로 따라붙었다.

"방충망이라는 게 벌레를 막는 일이 목적이잖아요? 밖에 있을 확률이 높겠죠?"

"확률은 예측에 활용하는 기대치이지 관측값은 아니잖은가? 어떻게 결과를 얻을까 하는 방법론을 묻는 것이지."

"저는 다가가서 봅니다. 그 방법밖에 없는 것 같은데요? 멀리서 보면 2차원으로 안과 밖을 구별할 수 없지만 다가가서 보면 3차원 문제로 쉽게 바뀌잖아요? 물론 밖에 있기를 바라는 마음으로 다가가지만요."

"정석적인 답이군. 김 박사는 어떤가?"

"실제로 그런 경우가 있었습니다. 저는 방충망을 향해 뭔가를 집어 던집니다. 그러면 벌레는 자신의 소속을 밝히죠. 스스로 정체성을 밝히라는 실험적 압박이라고 할까요?"

박 교수의 질문에 반해 약간 비아냥거림이 묻어나는 대답이었지만 유경은 풋, 웃고 말았다.

"그래서 벌레가 안에 있다면?"

이어진 질문에 현중은 잠시 침묵으로 대답했다.

"선배님, 실제로 그런 일이 있었다면서요?"

"훗, 제 아내가 다 처리했습니다. 벌레도 제가 던진 슬리퍼도."

누구의 것도 아닌 정적이 한동안 차 안을 장악했다.

"듣기에 편안한 답은 아니군, 김 박사."

"답하기에 편안한 질문도 아니었습니다. 교수님. 아, 농담입니다. 마음에 두지 마세요. 조금 더 말씀드리자면, 저는 학문은 현실과 조금 거리가 있어야 한다고 생각합니다. 물론 모든 학문이 현실을 바라보고 분석하는 일이지만 방법론적으로는 거리를 확보해야 자신의 의견과 확신에서 벗어나 더 객관적인 결론을 얻을 수 있다고 생각합니다."

"자네는 슬리퍼로 거리를 확보하나?"

"저는 적당한 무관심도 중요하다고 생각합니다. 무관심이 배경이 되어야 내가 관심을 가지는 주제에 집중할 수 있고 더 두드러지게 모습이 드러나기도 합니다. 제 슬리퍼는 집중적인 관심의 전조라고 할 수 있겠네요. 이제부터 나는 너를 관찰한다, 뭐 이런 신호탄입니다."

유경은 아무 말도 하지 않았지만, 어깨로 킥킥, 웃음을 흘리고 있었다.

"자네의 그 폭발적인 관심의 파편은 자네 아내의 몫이고?"

박 교수는 얼마 전, 역시 연구원과 결혼한 자신의 딸을 떠올리며 불편함을 감추지 않았다.

"아, 그건 자발적인 행동입니다. 실험 결과치에 대한 재검증 작업이라고 해두죠."

"참, 자네는 물러서는 일 없이 용의주도하구먼, 김 박사. 그러면 저기 저 여자, 빨간 옷을 입은 여자 말일세. 저 여자는 왜 저 승용차에 타는가? 그리고 저 여자는 우리 현실 안에 있는지 밖에 있는지 알아볼 수 있나? 내가 이렇게 묻는다면 자네 구두라도 던져볼 셈인가?"

차가 호텔로 이어지는 외길에 들어선 지 얼마 되지 않은 곳이었다. 검은색 승용차가 한 대 서있었고 차를 향해 느리지도 빠르지도 않게 이동하는 빨간 물체가 보였다. 여자였다. 어디에 있어도 시선을 잡아끌 만큼 자극적인 색과 과하다 싶을 정도로 볼륨감이 좋은 여자였다. 그리고 이유는 설명할 수 없으나 누구도 의심하지 않을 만큼 명확한 상황이었다. 여자가 낯선 차를 타고 있다는 사실.

"저 현상은 그저 유전자에 새겨진 자동적인 반응입니다. 남자들의 성적인 반응이죠. 그리고 저 여자는 우리 현실 안에 있습니다."

"어떻게 아나? 김 박사. 자네 구두는 그대로 있는데? 그냥도 알 수 있나?"

"프리마호텔 지하에 있는 카페의 사장입니다. 지난주에 발표장이랑 숙소랑 둘러보러 왔다가 저녁에 들러서 한잔했습니다. 사장과 잠깐 얘기도 나눴고요. 이쯤 되면 확실히 방충망 안에 있는 여자라고 할 수 있죠."

"현실의 안팎을 따지는 일에 있어서 뭔가를 던지지 않고 직접 가서 보기도 하는군. 김 박사."

"아니, 그러면 선배님 자신을 직접 던진 건가요? 하하."

유경이 박 교수의 말을 받아 덧붙여놓고는 눈치

없이 웃었다. 박 교수는 유경의 웃음이 얼른 꺼야 하는 화재라도 되는 듯 서둘러 입을 열었다.

"저들이 현실 안에 있는 게 확실하다면 승용차는 왜 저 여자를 태웠을까?"

"생물학적으로 볼 때 그냥 성적 반응이죠. 정확하게 말하면 성적인 접촉 가능성에 대한 반응이라고 할 수 있겠죠. 수컷이 가진 유전자는 무조건 그 확률을 높이려는 쪽으로 행동하니까요."

현중은 물음에 답하기 위해 깊이 생각하지 않았다. 그의 답변은 대개 무조건반사처럼 전전두엽을 거치지 않고 되튀는 공처럼 입에서 바로 튀어 나갔다.

"그것 말고는 없나?"

박 교수는 더 사려 깊은 답을 원하는 듯했으나 누구도 답하지 않고 정적이 이어졌다. 그 공백을 깬 이는 유경이었다.

"참, 선배님. 반대토론으로 나서는 배경대학교 팀은 전혀 모르는 연구진이라면서요? 그런데 어떻게 참여하게 되었나요? 지난주에 연구실 안에서 몇 사람이 걱정 아닌 걱정을 하던데요?"

"걱정? 무슨 걱정? 우리가 발견한 과학적 사실을 발표하는 자리인데, 무슨 걱정?"

"정말 우리와 아무 관련이 없는 팀인가? 학부 때 같은 학교라든지, 뭐든."

박 교수까지도 이례적인 상황이라고 생각했는지 살짝 우려를 표했다.

"내 논문을 찾아보고 관심을 가지게 되었다고 연락이 왔어요. 두어 달 전이었는데, 우리 학술대회도 다가오고 우리 주제에 관심이 있는 마땅한 토론자도 찾기 어렵고, 마침 잘 됐다고 생각했죠. 연륜이 있더라고요. 도움이 됐으면 됐지, 우리 연구를 깎아 먹을 팀은 아니라고 생각이 들었어요."

"그렇다면 다행이긴 한데, 왠지 꺼림칙한 느낌이 가시지 않아."

"그럴 이유는 하나도 없습니다. 과학 하는 분이잖아요. 객관적으로 생각하시죠. 교수님."

박 교수가 내비치는 근거 없는 노파심이 현중은 마음에 들지 않았다. 연구도 자신이 주도해 진행했고, 발표도 자신이 할 터였다. 노교수는 자리에 앉아 발표를 듣고 청중의 반응이나 살피고 나서 오래된 친구들을 찾아다니며 악수하는 일이 이번 대회에서 그가 맡은 역할이었다. 반면 유경은 걱정을 숨기지 못하는 노교수가 되레 걱정스러웠다. 어떻게든 화제를 돌리고 싶었다.

"선배님, 그런데 작년까지는 서울에서 진행했다던데 올해는 멀리 떨어진 외딴 호텔이네요. 특별한 이유가 있나요?"

"학술재단에서 특별히 요청이 있었다고 하던데? 학술 분야에서도 수도권 외 지역과 성장 동력을 나누자고, 뭐 이런 취지래. 변화를 주자는 의견도 있었다는데. 돈 대는 사람들의 의견을 무시하기 힘들었겠지."

"그래요? 그래도 규모가 조금 초라해 보여요."

"건물이 작다고 우리가 발표할 발견의 무게가 가벼워지지는 않아. 걱정하지 마."

먼저 도착한 차에서 사람들이 내리고 있는 모습을 보면서 현중은 호텔 정문 앞으로 천천히 차를 몰았다. 검은 승용차 뒷좌석에서 내린 반짝이는 은색 곰 같은 남자가 터질 듯한 빨간색 공 같은 여자의 등에 슬쩍 손을 대고는 정문에 들어서고 있었다. 그 뒤로 승합차에서 내린 남녀 학생 다섯이 호텔 정문 쪽으로 걸어갔다. 나라대학교 트레이닝복을 입은 그들을 보자 현중은 내심 반가웠다. 현중이 학부 과정을 했던 대학이 나라대학이었다.

 여자가 입고 있는 하얀 정장에는 어떤 구김도 그늘도 없었기에 초가을 호수에 비친 하얀 그림자 같았다. 키가 큰 여자 옆에는 왜소한 남자가 함께 서 있었다. 둘은 말없이 가을 하늘을 바라보았다. 이들의 눈동자는 점점 하늘과 같은 파란색으로 변해갔다.
 '이제 갑시다. 엘리.'
 '그래요. 마하.'
 그들은 아무 말 하지 않음으로 서로에게 말했다. 그들이 탄 차는 호수를 돌아 호텔로 향했다.

16:45

 문제가 발생한 항목을 정리하느라 뜻밖에 십여 분을 지체한 김 팀장은 서둘러 1층 로비로 향했다. 김 팀장은 자신이 하는 일이 감정적으로 움직이거나 예감 같은 것에 휘둘리면 반드시 그르친다는 신념을 가지고 있었지만 정 과장과 동행하면서 정체를 알 수 없는 불안이 따라다니는 느낌을 떨칠 수 없었다. 계단을 오르는데, 휴대전화에 긴급 텍스트 알람이 떴다. 박 사장이었다. 이번 행사에 체포조로 지원을 나온 3팀장이었다.

 '비상 상황이 발생했습니다. 빨리 1층으로.'

 비상계단 문을 열고 들어선 로비에는 굉음이 메아리치고 있었다. 3층 높이까지 천정이 뚫린 큰 홀은 사람의 목소리가 얼마나 크게 울릴 수 있는지를 시험하는 실험장이 되어 있었다. 그 진원지에는 물론 정 과장이 당당하게 서 있었다. 덩치 큰 곰 한 마리가 은갈치 색 재킷을 벗어 데스크 위에 올려놓고는 프런트의 직원들을 향해 삿대질하며 고함을 지르고 있었다.

"이 호텔에는 사장 없나? 사장이 없으면 대표이사라도 있을 거 아니야. 부르란 말이야! 내가 너하고 애기할 군번이 아니라고. 내가 나랏일 하는 사람인데, 누구 마음대로 예약한 방을 바꿔?"

"선생님, 진정하셔야 합니다. 그 방은 예약자가 일방적으로 지정한 방입니다. 우리 칩 매니저 말로는 예약이 진행되지 않았다고 합니다. 그리고 그 방은 우리 호텔 골든룸으로 가격이……."

"가격이 뭐? 그리고 무슨 매니저? 걔 좀 나오라고 해."

프런트를 관리하던 여자 직원은 이미 뒤로 물러나 있었고 정 과장을 상대하는 남자 직원은 웃음을 잃지 않으려 애를 쓰면서도 이런 진상 고객은 처음이라는 듯 눈동자가 계속 불안하게 흔들리고 있었다. 그러면서도 끊임없이 데스크 아래 모니터를 힐끔거렸다.

정 과장을 향해 빠르게 걷는 김 팀장의 휴대전화가 다시 3팀장이 보낸 문자로 몸을 떨었다.

'약이라도 치세요. 경찰이 출발했어요.'

진정제를 놓아서라도 상황을 종료하라는 말이었다. 저잣거리에서나 볼 법한 난동이 호텔 로비에서 벌어지자 사람들은 신기해하는 눈빛으로 발을 떼지 못했다. 구경꾼은 점점 늘어났고, 이대로라면 행사 개최가 불분명해질 판이었다. 다급하게 다가오는 김 팀장을 알아본 정 과장은 더 폭주하기 시작했다. 몇 보 뒷걸음질을 치다가 휙, 돌아선 정 과장은 유리문 앞을 지키고 있던 커다란 화분을 발로 걷어찼다. 참으로 엉성한 발길질이었지만 다음 순간, 커다란 도자기 화분이 기다렸다는 듯 쩌억, 금이 가는가 싶더니 문 쪽으로 흙을 쏟아내며 깨졌고, 한길이 넘는 나무가 힘없이 쓰러지면서 회전문 옆 유리 벽에 강하게 부딪혔으며, 두꺼운 유리는 쓰러지는 나무에 자리를 내어주듯 산산조각이 나면서 그 위로 쏟아졌다. 이 장면을 보고 들은 모든 사람이 정지 영상처럼 멈춰 섰지만 제일 커진 눈으로 멈춰 선 이는 정 과장 자신이었다.

이번 행사 지침에 따르면 무선 연락은 가급적 피

해야 했지만 김 팀장의 무선 이어폰에서 3팀장의 목소리가 들려왔다.

"저 또라이 새끼. 검사 출신 낙하산 개새끼, 무식한 데다 분노조절장애까지. 이제 우리가 처리합니다."

3팀장의 말이 끝나기 무섭게 나라대학 트레이닝복을 입은 건장한 남자 둘이 정 과장을 향해 움직이기 시작했다. 행사고 뭐고, 무력으로 제압해 끌고 나가야 할 상황이었다. 이때 마침 정문 앞에 경찰차가 도착했다. 정 과장은 경찰을 깎아버린 발톱만큼도 생각하지 않았고, 경멸의 대상으로 취급했다. 경찰이 개입하면 타오르는 불에 기름을 붓는 꼴이 될 게 뻔했다. 김 팀장은 안주머니에 있는 기절 스프레이를 움켜쥐고 달리기 시작했다. 팀 내에서 정리하는 게 옳았다. 그런데 누구보다 먼저 정 과장 옆에 선 이는 프런트를 지키던 호텔 남자 직원이었다. 남자가 정 과장 가까이에서 뭐라고 중얼거리자, 누가 봐도 정 과장의 몸에서 확연하게 힘이 빠져나갔다. 잠시 후에는 거의 주저앉을 지경이었다. 그렇게 상황은 종료되었다. 정 과장은 직원들에게 낮은 목소리로 정중하게 사과했고 부서진 시설들에 관해서는 자신이 변상하겠다고 약속했다. 김 팀장은 정 과장이 4층 지정된 방문으로 들어가는 것을 확인하고는 다시 로비로 내려와 남자 직원을 찾아 조용히 물었다.

"우리 과장님의 행동에 대해 다시 사과할게요. 미안합니다. 약간 정신적인 문제가 있어서요. 그런데 뭐라고 한 겁니까? 그 덩치한테?"

"아, 그냥 '박광순 씨가 보고 있답니다.'라고 했어요."

"박광순 씨가요?"

"예. 우리 칩 매니저가 난동을 보고 그렇게 전하라고 했거든요."

"칩 매니저요? 그 사람 어디 있나요?"

"저야 모르죠. 그분은 현장에 나오지 않아요. 그냥 모니터나 휴대전화 문자로 지시해요. 대표이사께서도 그분 얘기는 백 퍼센트 신뢰합니다. 제가 듣기로는 우리 호텔의 실세라던데요. 호텔에서 일어나는 일에 관해서 모르는 게 없는 데다 깔끔하고 딱 필요한 말만 하세요."

직원의 이야기를 듣고 방으로 올라가는 김 팀장은 더욱 불안해졌다.

'일개 호텔의 매니저가 박광순을 입에 올리다니.'

박광순은 국장의 암호명이었다.

19:10

정 과장은 김 팀장에게 건성으로 한마디 던졌다.

"한잔하지?"

방문을 반쯤 열고는 복도에 서 있는 정 과장의 물음에 김 팀장은 대답하지 않았다. 침대에 걸터앉아 노트북만 바라보았다. 팀 단위, 독립적으로 일하는 편성이지만 조직에서는 위계라는 질서가 사라지지 않았다. 그 질서를 존중하는 버릇이 정 과장을 살렸다고 김 팀장은 생각했다. 있을 수 없는 일이었으나 그저 침묵으로 힐난할 뿐이었다.

"다른 목적이 있는 건 아니야. 내일 어떤 일이 벌어질지 모르는 상황이잖나? 정보 수집 차원에서 내려가 보는 거야. 자네는 생각이 없다면 나 혼자 다녀오겠네. 지하 카페에 있을 거니까, 상황이 생기면 연락하고."

'상놈의 새끼, 지가 사고까지 쳐놓고는 이제 술이나 마시겠다고? 낯짝 참 좋다. 내일이 우리와 함께하는 마지막 날이 될 거다.'

김 팀장은 아무 말 하지 않았다.

오후 7시가 지나자, 카페에 사람들이 모이기 시작했다. 멀쩡한 정신으로 밤을 맞으면 벌금형이라도 받을지도 모른다는 두려운 표정들이었다.

'포머 pome'의 입구는 아주 좁았다. 원래 설계된 입구를 인위적으로 좁혀놓아서, 붉은 석류 무늬로 장식된 문을 밀면 딱 한 사람만 겨우 통과할 수 있을 만큼의 폭이었다. 물론 실내는 석류처럼 붉고 어두웠다.

"소방법에 걸리지 않나? 문이 너무 좁은데."

들어오는 사람마다 비슷한 한마디를 뱉는다. 그럴 때면 여사장은

"예쁘잖아요? 예쁘면 믿어야죠. 여자 또한 좁은 문이랍니다."

이렇게 받았다. 잘 보이지 않을 뿐 복도로 향하는 큼직한 통로가 옆 벽에 있었지만, 벽과 같은 디자인으로 이어져 있어 한참 바라봐야 분별할 수 있었다. 홀은 정방형으로 꽤 넓었다. 입구에서 제일 먼 모서리에 반원 모양의 바가 있고 예닐곱의 높은 의자가 바에 턱을 걸고 매달려 있었다.

"그냥 미스 포머라고 기억에 새기세요. 혼자 오셨네요. 제가 맞춰볼까요? 글 쓰는 분이죠?"

"아주 틀리지도 않았지만 맞았다고 하기에도 어렵네요. 포머 씨. 기잡니다. 과학 기자."

"제 직업이 사람들 만나는 일이잖아요. 이 정도도 모르면 직업정신이 부족한 거고, 너무 정확하게 맞추면 여자로서 매력이 떨어지죠. 자신을 훤히 들여다보는 무당과 연애하기는 쉽지 않을걸요?"

"하여간 글을 쓰기는 합니다."

"기자 중에 문학 지망생들이 많다고 하던데. 저도 시를 쓰고 있거든요."

"시요? 그러시군요. 그리고 기자들이 문학을 꿈꾸었군요? 그렇네요. 천문학. 그것도 문학이네요."

"이곳엔 콘퍼런스 취재차?"

"예."

제일 먼저 바 구석 자리를 차지한 남자는 혼자 앉아 온더록스를 두 잔째 비우고 있었다. 미스 포머는 이런 남자들이 무얼 원하는지 잘 알고 있었다. 더욱이 이미 살짝 술기운이 오른 눈동자는 석류가 뿜는 붉은 시각적 자극에서 도망치지 못했다. 몇 마디 관습적 말이 오가고 나서 화제의 허리가 끊어지려 할 때 포머는 짐작하고 있다는 듯 그물을 던졌다.

"요즘 기자님의 머리를 휘감고 있는 화두는 뭔가요? 기자님 눈이 자신에 관해 물어달라고 애원하고 있는데요."

"여자가 좁은 문이면 나는 여자에게 쫓겨나 좁은 문에 기대 우는 사람인가? 아니면 삶에서 쫓겨나 좁은 문에 기대 우는 사람인가?"

"'좁은 문'에 너무 얽매이지 마세요. 과학 기자답지 않게 센티하시네?"

"저는 지난밤 나와 떼어놓을 수 없는 친구와 이야기를 나눴습니다. 그리고 결론을 내렸죠. 아니, 결론은 그보다 훨씬 먼저 나 있었어요. 여자들을 만났고, 아니 남자들일 수도 있어요. 그들을 만나서, 아니 그 이전부터 저는 죽기로 했어요. 내 친구는 나에게 뭐가 그리 바쁘냐고 물었는데, 내 자발적 의지를 무기로 나 자신을 삶에서 떼어놓기로 했어요. 죽음으로 편안한 무질서를 회복하는 거죠."

"이럴 때는 왜 그런지 이유를 물어야 하나요? 아니면 생각을 바꾸라고 협박해야 하나요?"

끼니때마다 나오는 반찬 대하듯 포머의 표정은 심드렁했다.

"아뇨. 이럴 때 논리를 물어야 하죠. 논리적으로 합당한 죽음인지 아닌지를요."

"그러면 들어볼까요? 내 지적 능력을 넘어서거나 지루해지면 나는 한 귀로 듣고 한 귀로 흘릴 수도 있어요. 나는 눈 뜨고도 잘 졸거든요."

"상관없어요. 그럼, 헛간에서 나온 헛소리를 시작해 볼까요? 인생은 의미가 있거나 없거나 둘 중 하나겠죠? 삶이거나 죽음이거나 우리는 둘 중 하나에 담겨있으니까. 먼저 인생에 의미가 없다면, 인생 그 자체로 아무것도 아니잖아요? 아무것도 아닌 것을 집어던지는 일은 정당한 일입니다. 그러니 죽는 일도 어쨌든 상관없는 일 중 하나가 되죠. 반대로 인생에 의미가 있다면, 다시 하나일 것입니다. 우선 우리가 의미 있다는 사실을 알게 되었다는 말은 이미 일정한 의미가 존재한다는 사실이고, 그러면 이미 의미가 이루어진 것이지요. 이미 이루어진 일 안에서 우리가 무얼 할 수 있겠어요? 할 일 없는 인생은 던져버려도 되는 것이니까. 다음으로 의미가 있으나 이루어지지 않았다면, 이미 40억 년의 역사를 가진 생명에게 그 의미가 아직도 이루어지지 않았다면 이루어질 확률이 아주 낮은 거지요. 안 그렇겠어요? 그렇게 낮은 확률에 목매고 사는 일은 또한 착각이잖아요? 우리가 살아있다는 일 자체가 착각인 거지요. 개나 줘버릴 일이란 말이지요, 우리 인생은. 그래서 인생은 아무것도 아니거나, 할 일 없는 무엇이거나, 착각인 겁니다. 어때요? 우리가 죽을 이유는 충분한 논리를 가지고 있지요? 거기 깨어있나요?

"재미있는 논리이긴 한데, 알 수 없는 기시감이 안개처럼 자욱하네요?"

"어디서 들어봤다는?"

"글쎄요. 더 오래된 이야기 같은데, 아니 논리?"

"대체로 '사는 일에 뭐 있겠어?'라는 자세로 삶에서 밀어내는 구조라고 할까요?"

"사실 간단한 문제 아닌가요? 사람이라는 게 살아있거나 죽거나 둘 중 하나인데, 죽음에 관해서는 직접적으로 아는 게 없으니까 살아있는 일로 지지고 볶고 여러 가지를 만드는 거죠."

이때 알 듯 모를 듯 약간 조명이 밝아지면서 음악이 바뀌었다. 조용히 흐르던 재즈풍의 피아노 독주가 뜬금없이 바뀌어 흥타령이 이어졌다. 관심 있게 음악을 들었던 사람은 동서양을 건너뛰는 연결을 알아차릴 수 있었겠지만, 누군가와 이야기에 빠져있다면 느낄 수 없는 자연스러운 변화였다.

'꿈이로다 꿈이로다, 모두가 다 꿈이로다 너도 나도 꿈속이요, 이것저것이 꿈이로다……'

"석류 사장님의 감수성은 몸매만큼이나 풍성하군요. 그런데 석류에서는 누군가 이야기를 들으면서 내용에 따라 선곡해 주는 것 같아요. 살고 죽는 얘기를 했더니 흥타령이 나오고."

"내가 하는 일은 아니에요. 그냥 컴퓨터가 알아서 해주는 AI, 이런 거 아닐까요? 그건 그렇고 살짝 위험해요. 이번에는 그냥 넘어가 드릴게요. 기자님 이야기. 그리고 저기 훼방꾼이 오는군요."

정 과장이 큰 몸을 틀어 좁은 문에 밀어 넣고는 겨우 통과하고 있었다. 석류 사장 포머 씨는 한 손으로 턱을 괴고 바에 기대 조금은 애처로운 정 과장의 입장을 지켜보았다. 붉은 실내에 들어온 정 과장은 으레 버릇처럼 석류 내부 구석구석을 스캔하듯 노려보았다. 중앙에 놓인 두 개의 원형 테이블에 둘, 그리고 세 사람이 앉아 있었고 구석 자리에 옆모습으로 혼자 앉아 휴대전화를 보고 있는 남자 한 명, 그리고 바의 높은 의자 위에 걸쳐 있는 중년 남자 하나를 확인했다. 이후 바에 서 있는 석류 사장과 눈이 마주치자 흠칫 웃음을 흘리고는 중앙에 있는 테이블 중에서 바와 가장 가까운 쪽에 자리 잡았다.

 자리에 앉았지만 정 과장은 가는 철제 다리로 자신의 몸무게를 지탱하겠다고 버티는 의자가 불만스러웠다. 간혹 조금 넘치는 체중을 이기지 못하는 다리가 있지 않을까 하는 의심이 들기 때문이다. 그렇기에 바에 붙어있는 다리 긴 의자는 더 믿을 수 없었다.

 커다란 석류 한 송이가 또각 걸어와 반갑게 인사했다.

"찾아주셨군요. 낮에는 고마웠어요."

 정 과장은 양주를 병으로 주문하고 맥주 다섯 병을 덧붙였다.

"역시 화끈하시네요. 안주는 제가 드리는 보답으로 하죠."

 술과 안주를 내온 석류 사장은 정 과장 앞에 앉아 그의 헤픈 말들을 애써 고개를 끄덕여가며 거르기 시작했다.

 현중에게는 한번 다녀간 곳이기에 익숙했지만, 박

교수와 유경에게는 약간 부담스럽게 붉고 어두운 술집이었다. 식사 후 편안하게 이야기나 나누자는 박 교수의 제안에 장소로 석류를 선택한 이는 유경이었다. 낮에 스치듯 지나간 빨간 사장이 어떤 사람인지 은근히 궁금했기 때문이다. 자그마한 맥주 한 병씩 자신의 앞에 세워놓은 테이블 분위기는 좀 싸늘했다. 입을 꾹 다물고 있는 박 교수와 김 박사 사이를 풀기 위해 너무 무겁지 않으면서 싸늘한 잡담도 아닌 주제를 찾느라 머릿속이 복잡한 유경은 음악이 바뀌는 것을 느꼈다.

"독특한 변화네요. 피아노 재즈곡이 흐르다가 갑작스레 민요 흥타령이 나오네요. 그런데 부드럽게 이어져요. 박사님 흥타령 아세요?"

"어, 이거 우리 민요야?"

"예. 제목과는 다르게 사는 일 참 허망하다, 뭐 이런 내용인데 블루스풍으로 연주하니까 독특하고 멋지네요."

"뭐든 예민하게 받아들이는군, 유경 학생은. 관찰력이라고 해야 하나?"

박 교수가 별 의미 없이 던진 말을 유경은 다시 받았다.

"그렇게 느끼셨다면 하나 더 말씀드릴게요. 저기 구석에 혼자 앉아 거의 등을 보이고 휴대전화만 바라보는 남자 있죠? 저 남자 휴대전화에는 여기 실내 공간 영상이 떠 있어요. 들어오다가 잠깐 보았지만 확실해요. 여기 바 안에서 일어나는 일에 관심 없다는 듯 휴대전화만 보고 있지만 사실 바를 찍고 있는 여러 대의 CCTV 영상들을 번갈아 가면서 감시하고 있는 것 같아요."

"그래? 정말이야?"

심드렁했던 현중의 눈이 반짝이기 시작했다.

"뭐 하러 우리를 감시하겠나? 우리야 연구 발표하러 온 사람들인데."

박 교수가 상체를 일으키며 의문스러운 표정을 짓는 데 반해 현중은 몸을 반쯤 일으켜 노골적으로 남자를 바라보았다.

"내 연구 내용을 미리 알아내려는 것 아닐까요?"

"내일이면 발표할 텐데 미리 알아서 뭐 하겠나? 발

제문도 이미 다 공유했고."

"모르죠. 아니면 이 안에 위험한 사람이 있을지도……."

현중은 마주 앉은 유경 등 뒤 테이블로 시선을 돌렸다. 번들거리는 은색 양복이 붉은 조명에 절여져 안개 속 붉은 신호등처럼 뿌옇게 번지는 남자의 어깨 너머로, 약간 비켜 앉은 석류 사장의 얼굴이 보였다. 여자의 눈은 쉬지 않고 떠들어대는 남자의 얼굴에 꽂혀있었다. 잠시 후 현중은 여자의 눈동자가 이상하다는 사실을 알아챘다. 눈동자 중앙의 동공 바깥 밝은 부분의 색이 변하고 있었다. 천천히 밝아지는가 싶더니 다시 어두워졌다. 어두워질 때는 파란색 같기도 했고 초록인 것 같다가 붉은색으로 변한다고 느꼈다. 밝아지면 흰색인 것 같았다가 노랑으로 빛나다가 연두 같기도 했다. 조명 때문인가 싶어 둘러보았지만, 색이나 밝기가 변하는 조명은 없었다. 그 순간 사람의 눈동자가 아니라는 생각까지 들었다. 등을 보인 남자의 어깨는 쉼 없이 들썩거리며, 석류 사장의 얼굴이 그의 입에서 튄 침으로 녹아

내리지 않을지 걱정스러울 정도로 뜨겁게 떠들어 댔다. 마치 최면에라도 걸린 듯 뭔가를 쏟아내는 남자 너머 석류 사장을 보던 현중의 눈에 뭔가 번뜩 스쳤다. 현중이 여사장을 마주하고 열심히 떠들어댔던 지난주 이 시간이 떠올랐다. 자신 또한 저렇게 밝기가 변하는 사장의 눈동자를 보면서 뭔가를 다 쏟아냈었다. 그 눈동자는 기억났지만 무슨 얘기를 했는지는 까마득했다. 그때 석류 사장은 남자의 어깨 너머로 현중과 눈을 맞추고는 보일 듯 말 듯 살짝 웃었다. 잠시 후 현중은 자기 몸의 주인이 자신이 아닌 듯 움직였다. 갑작스레 벌떡 일어난 현중을 보고 박교수는 흠칫 놀라 의자를 뒤로 밀쳤다.

"김 박사 왜 이러나?"

휙, 주변을 둘러본 현중은 테이블 한가운데 있는 팝콘 바구니를 들더니 유경 뒤에 앉은 곰만큼 큰 남자와 석류 사장이 앉아 있는 테이블을 향해 냅다 집어 던졌다. 터질 듯 커진 유경의 눈 위를 지나면서 바구니와 팝콘들은 각각의 길로 헤어지기 시작했다. 다음 순간 나무 바구니는 남자의 뒤통수에 정통으로 부딪친 후 등이 그린 곡선을 타고 바닥으로 떨어져 외마디 비명을 지르고는 완전히 엎어지기까지 뱅글뱅글 돌며 앙칼진 여운을 만들었다. 흩어진 팝콘 절반은 테이블에 안착했지만, 나머지 절반은 튀어 올라 바닥으로 떨어졌다. 나머지 두 개의 팝콘은 곧바로 석류 사장의 얼굴을 향했다. 곤충을 낚아채는 이구아나의 긴 혀처럼 허공을 가르는 팝콘들을 능숙하고 빠르게 잡아챈 빨간 손톱을 가진 손은 사장의 것이었다. 여사장은 눈에 보이지 않는 빠른 속도로 낚아챈 팝콘들을 자신의 입안으로 던져 넣었다.

한동안 실내에는 아무것도 움직이지 않았다. 사람들은 물론이고 흐르던 음악마저도 제자리에 섰다. 바에 앉아 있던 성 기자는 본능처럼 재빠르게 휴대전화를 꺼내 동영상 녹화 버튼을 눌렀다.

천천히 일어나는 곰 같은 남자를 기준으로 나무 바구니가 떨어진 쪽이 방충망 안의 현실이고 팝콘이 흩어진 방향이 방충망 바깥의 현실이었다. 현중도 자신이 무슨 일을 벌였는지 알아채는 데 꽤 긴 시간이 필요했다. 만약 이 상황이 불행이라면 방충망 안쪽 현실에는 벌레 대신 곰 같은 남자가 있기 때문이고 또 모든 사건을 정리해 주는 아내 또한 그곳에 없다는 사실 때문이다. 화산이 분화하기 전에 땅을 흔드는 잔주름 같은 진동이 실내를 흔들었다.

폭력의 전조가 사방으로 퍼지는 긴장된 순간, 실내를 채우고 있는 음악이 쇼팽의 발라드 1번으로 바뀌었다는 사실을 알아챈 사람은 아무도 없었다. 만약 음악에 귀 기울인 사람이 있었다면 이때부터 왜 모든 사건이 천천히 일어나기 시작했으며 그 사건들이 슬퍼 보이기 시작했는지 눈치챘을지도 모를 일이다.

정 과장 또한 자신에게 무슨 일이 벌어졌는지 판단하는 데 적잖은 시간이 필요했다. 그리고 통증이 있는 뒤통수를 부여잡고 천천히 고개를 돌려 사고의 진원지인 현중 쪽을 바라보았다. 거기에는 창백한 얼굴에 마르고 힘없는 안경을 쓴 젊은 남자가 하얗게 질린 표정으로 서 있었다. 몇 잔 거푸 들이켠 폭탄주 때문인지 석류 사장의 변화무쌍한 눈빛 때문인지 알 수 없지만 정 과장의 눈은 풀려있었다. 워낙에 별로 가지고 있지 못한 이성이라는 덕목은 더욱이 힘을 잃었을 것이다. 끄응, 소리로 힘을 쓰는 장딴지로 의자를 뒤로 밀며 정 과장은 일어났다. 그리고 몸을 돌리려는데 왼발이 테이블 다리에 걸렸다. 테이블이 바닥에 끌리면서 크고 괴로운 파열음이 이어졌고, 그와 동시에 정 과장은 뒤뚱, 중심을 잃었다.

구석 자리에 혼자 앉아 휴대전화를 바라보던 남자는 돌아가는 상황을 보고는 얼굴이 일그러졌다. 서둘러 문자 모드를 띄운 뒤 1팀장에게 긴급 상황을 전파하는 문자를 쓰려하는 순간, 1팀을 맡고 있는 김 팀장이 문을 열고 들어섰다. 3팀의 연락이 없었는데도 어떻게 알고 김 팀장이 카페 포머에 달려왔는지 따지는 일은 중요하지 않았다. 어떻게든 정 과장을 수습해야 했다. 김 팀장이 실내에 들어서자마자 중심을 잃은 정 과장은 모로 의자에 주저앉았다. 그리고 거구가 쓰러지는 충격을 다리 가는 철제의자는 견디지 못했다. 다리 하나가 맥없이 휘어지면서 의자는 옆으로 넘어졌고 정 과장의 육중한 몸은 철퍼덕, 하는 굉음과 함께 바닥에 쏟아졌다. 그리고 한동안 움직임이 없었다. 모든 소리와 모든 움직임이 순식간에 사라진 카페 포머 안에는 쇼팽의 느리고 슬픈 멜로디만이 온전히 몸을 드러냈다.

성 기자는 휴대전화를 들고 사건 현장 가까이 다가가려 높은 의자에서 내려섰다. 그렇게 잠시 멈췄던 시간이 다시 흐르기 시작한 건 푸짐하게 바닥에 엎어져 있던 정 과장이 끄응, 소리를 내며 몸을 움직일 기미를 보일 때였다. 김 팀장이 달려가 고개를 돌리려는 정 과장의 목을 끌어안으며 일으켜 세웠다.

"어유, 무슨 술을 이렇게 많이 드셨어요."

이 말은 쓰러져있는 정 과장에게 꽂힌 수많은 시선에 한 말이었다. 테이블 위에는 채 반도 비우지 않은 술병들이 용케 넘어지지 않고 서 있었다. 재킷 안 주머니에서 조그마한 스프레이를 꺼낸 김 팀장이 정 과장의 얼굴에 짧게 에어로졸을 분사하는 장면은 아무도 보지 못했다. 바로 앞에 서 있던 석류 사장은 이상한 화학약품 냄새를 아주 조금 맡았고 짙은 화장을 찡그리며 뒤로 물러났다. 정신을 차려가던 정 과장은 눈동자가 풀리며 짜지 않은 빨래처럼 완전히 축 늘어졌다.

"우리 과장님 때문에 소란스러웠다면 사과드리겠습니다. 제가 모시고 갈 테니 좋은 저녁 시간 보내십시오. 미안합니다."

김 팀장은 낮은 목소리로 단호하게 사과하고는 정 과장의 양 겨드랑이에 손을 넣고 일으켜 세웠다. 누가 봐도 힘겨운 일이었다. 그럼에도 누구 하나 달려들어 힘을 보탤 엄두를 내지 못했다. 곰 한 마리를 이고 김 팀장이 좁은 문에 다가가자, 문밖에서 얼쩡거리던 트레이닝복의 남자 둘이 기다리고 있었다는 듯 늘어진 정 과장의 양쪽 어깨 사이로 몸을 끼웠다.

소란 하나는 이렇게 퇴장했다. 조명은 다시 어두워졌으며 음악은 가장 오래 흐르던 재즈곡으로 돌아갔다. 석류 사장은 다시 성 기자가 앉아 있는 바로 돌아갔고 문 옆 구석에 앉아서 휴대전화를 들여다보던 남자가 있던 자리에는 다 식은 커피잔만이 덩그러니 혼자였다.

06:35

 행사를 점검하기 위해 아침 일찍 일어나 시간별로 진행 계획을 점검하던 김 팀장은 마음 한구석에 찜찜한 것이 남아있었다. 꼴통이 사고 친 일이야 그냥 사고라고 치부하면 그만이었다. 아직 행사가 망가진 것은 아닌 데다, 확증을 가질만한 증거만 확인하고는 계획대로 모두를 체포해 이송하면 그만이었다. 체포가 결정되면 일사천리로 진행될 것이다. 그런데 일의 과정마다 상황을 아는 누군가가 방해하고 있다는 불안함이 가시지 않았다. 그중 하나가 박광순이라는 암호명을 대며 정 과장을 진정시킨 매니저의 전화였다. 국장이 현장의 일에 끼어들었던 적이 없었다. 그런데 전화라니, 그것도 호텔 매니저를 통해 상황에 끼어드는 일은 상상할 수 없는 일이었다. 그들이 하는 일이란 기획이나 준비, 실행까지 모두 팀 독립적으로 진행되었고 오직 결과로만 말할 뿐이었다. 여러 상황을 종합해 본 김 팀장은 3팀장에게 유선으로 전화했다.

"수고 많아요. 그런데 호텔 안에 3팀과 우리 팀 말고 다른 사람들이 들어와 있나요?"

"제가 알기로는 없습니다. 우리 체포조 5명과 내가 있고요. 새벽에 산을 넘어 무장한 지원팀이 들어왔어요. 그들은 외곽에 은폐된 차 안에서 대기 중입니다. 우리가 사인을 보내면 들어올 겁니다."

"어제 정 과장에게 박광순 씨가 메시지를 전했다고 하던데, 들은 바 있나요?"

"그럴 리가요. 하긴 맹수같이 날뛰던 정 과장이 순식간에 조용해지는 건 좀 이상했어요. 그렇더라도 아주 예외적인 상황인데."

"일 끝나면 바로 조사해 봐야겠어요. 그리고 어제 카페에서도 제때 연락해 줘서 곰 한 마리를 진정시킬 수 있었어요."

"예? 그건 아닌데. 내가 김 팀장에게 연락하려고 하는 순간, 김 팀장이 문 열고 들이닥친 거예요. 나는 연락 못 했는데? 숙소에서 영상으로 보고 내려온 거 아니었나요?"

"분명 3팀장이 보낸 긴급 메시지였는데, 이상하네.

이 행사에는 뭔가 이상한 것이 많이 껴있어요. 오늘 일 끝나면 대대적으로 조사해 봐야겠는데, 하여간 오늘 잘 마무리합시다. 수고!"

"그래요. 마지막까지 정 과장 단속도 부탁합니다."

전화를 끊은 김 팀장은 휴대전화를 뒤져 어젯밤 긴급 메세지의 발신지를 다시 확인했다. 그런데 분명히 받았던 메시지가 흔적도 없이 사라지고 없었다. 물론 긴급 상황에서 메시지의 출처까지 일일이 확인하지 않았지만, 이런 종류의 경고라면 3팀장 말고는 보낼 사람이 없었다. 그런데 3팀장 말대로라면 김 팀장 자신에게 메시지를 보낸 사람은 이 모든 상황을 알고 있는 또 다른 사람이었다. 자신이 착각했을 가능성을 따져보다가 절대 그럴 리 없다고 김 팀장은 자신을 다독였다.

09:20

호텔 규모에 비해 콘퍼런스 홀은 상당히 넓은

데다 학술대회에 어울리는 깊은 분위기를 가지고 있었다. 전체적으로는 브라운 톤으로 부드럽게 밝았지만, 단상에 집중할 수 있도록 조도와 색상이 무대부터 관객석까지 연속적인 변화를 주며 이어졌다. 전체적으로는 학문이 가지는 진지한 무게감과 새로운 발견에 대한 흥분이 어우러져 공간 전체에 묘한 긴장과 자극을 만들어내려는 의도가 느껴졌다.

무대 중앙은 발표자를 위한 투명하고 슬림한 스탠딩 데스크가 하나 놓여 있었다. 그 뒤에는 보조 발표자가 컴퓨터를 조작할 수 있는 작은 일체형 책상이 자리했다. 무대 오른편에는 토론자들을 위한 긴 책상이 관객을 향해 놓여 있었다. 무엇보다 눈길을 끄는 것은 무대 뒤쪽 벽 전면에 설치된 거대한 화면이었다. 높이 5m, 폭 8m에 달하는 나노셀 스크린은 이음새 없이 하나의 벽을 완벽한 화면으로 재현하고 있었다. 학술대회 시작 전인 지금은 편안한 숲속 풍경을 보여주고 있지만 곧 유전자의 복잡한 분자구조를 입체적으로 보여줄 준비를 하고 있었다.

참가자 중 교수나 연구소장들은 받아 든 프로그램

과 초록을 대충 훑어보고는 아는 사람을 찾아 유유히 떠돌았지만, 대학원생이나 박사후연구원들은 벽에 기대서서 안경을 머리 위로 올리고 반짝이는 긴장감으로 내용을 살폈다. 이에 비해 정확하게 양복을 입은 사람들은 새 기술을 만들 주제와 사람을 찾는 일이 우선이었다.

발표장은 200여 개가 설치된 객석의 의자를 모두 채우고도 서 있는 사람들이 적지 않았다. 중앙에 설치된 기록용 카메라 말고도 방송사에서 나온 카메라도 서너 대 서있었다. 학술대회라고 하기에는 더 흥분되어 있고 더 대중적인 분위기였다. 조금은 자극적인 발제문이 퍼지면서 언론에서까지 관심을 보이기 시작한 결과였다. 대회를 찾은 각자의 목적은 다르겠지만 객석에 앉아 시간을 기다리는 사람들의 얼굴은 같은 푸른색으로 빛났다. 각자의 노트북과 태블릿의 불빛을 받은 얼굴들이었다.

복도에는 백팩을 메거나 텀블러를 든 사람들이 서로의 연구를 물으며 담소를 나누었고, 행사의 시작을 알리는 방송이 울리자 서둘러 안으로 들어섰다.

단상 위의 조명은 서서히 밝아졌고 객석은 점차 어두워졌다.

'나는 학문적 새벽이 동트기 시작하는 이 긴장감이 좋아. 연구자만이 가지는 특권이니까.'

제일 앞자리에 앉은 박 교수는 단상 위에서 그간의 연구를 펼칠 제자들을 바라보며 자신의 생을 돌아보는 듯 혼자 중얼거렸다. 바로 뒷자리에는 정 과장과 김 팀장이 나란히 앉아 있었다. 정 과장은 스프레이 후유증으로 두통에서 헤어 나오지 못했다.

"얼마 안 마셨는데, 어젯밤에. 그것도 술이라고. 머리가 깨지네. 김 팀장 뭐 두통약 같은 거 없나?"

김 팀장은 대답하지 않았다. 아니, 속으로 대답했다.

'내 치질약도 없네. 충분히 아파하시게.'

"그런데 그 사람들, 아니? 사람인지 아닌지도 모른다고 했지? 오늘 발표하는 생명체들이. 오늘 이 안에 있을지도 모른다는 정보가 있었고 그러면 그냥 싹 다 잡아넣으면 되지 않아? 잡아서 검사해 보면 다 나올 거 아니야? 이렇게 복잡하게 확인하고 또 선별

해서 족집게처럼 콕 집어 잡아야 해? 김 팀장?"

"확실한 증거가 필요합니다. 지금이 어떤 시댄데 함부로 잡아들입니까? 저기 언론사 카메라들 안 보입니까? 참, 네."

둘이 옥신각신하는 사이에 김현중 박사가 단상에 올라오자, 장내가 자연스레 정리되었다. 화면에는 DNA의 이중나선 구조를 3차원으로 구성한 그래픽이 올라왔다. 현중의 말투는 딱딱했다. 그리고 그 딱딱함으로 인사를 시작했다.

"저는 KRDI에서 단백질 구조를 연구하는 김현중이라고 합니다."

그의 발표를 돕는 유경과 전체 진행을 맡은 객석의 박 교수를 간단히 소개하고는 곧바로 본론으로 들어갔다. 그의 첫 마디가 바로 결론이었다.

10:05

"저는 이들을 트리만(Trimann)이라고 부르기로 했습니다. 세 개의 기둥으로 이루어진 인간이라는 뜻이죠. 아니, 아직 우리와 같은 인간이라고 부를 수 있을지는 확인하지 못했습니다."

다분히 선동적인 도입이었다. 이후 김 박사는 잠시 말을 끊고 정적을 삼켰다. 이는 선동적 효과를 끌어올리는 방법이기도 했다. 장내가 가라앉자, 커다란 화면이 깊은 숲속 바위에 묻어 채 마르지 않은 혈흔을 보여주었다. 높은 바위 아래 평평한 바위 위였고 그곳에 혈흔이 있다는 건 바위 위에서 추락해 상처를 입은 생명의 핏자국이라는 사실을 쉽게 짐작할 수 있었다.

"9주 전 우리 연구팀은 강원도 산중에서 야생 생물들의 유전자를 채취해 자연변이 과정을 추적하고 있었습니다. 태백산 인근의 조사 지점은 표적 연구를 위해 철저히 변인이 통제된 구역으로, 허가받지 않은 사람은 접근할 수 없는 곳입니다. 이 혈흔 샘플은 그곳에서 확보한 것으로, 외관상 다른 시료와 뚜렷한 차이는 없었고 평범한 샘플 중 하나로 분류되어 분석에 들어갔습니다."

머리가 아프다던 정 과장은 목이 부러질 정도로 꺾인 채 잠들어있었다.

"그러나 분석 결과는 놀라웠습니다. 이 혈흔의 주인인 생명체는 세 개의 뉴클레오타이드 가닥, 그러니까 삼중 나선구조를 가진 DNA로 이루어진 생명체입니다."

발표자 등 뒤의 화면은 새롭게 발견된 삼중 가닥 DNA 구조의 3D 그래픽을 회전시키며 보여주고 있었다.

"물론 이론적으로는 생명체의 DNA로 세 가닥 구조는 가능합니다. 그럼에도 지구상에서 현재까지 알려진 생명체는 모두 이중 가닥 구조의 DNA를 가지고 있습니다. 40억 년에 걸친 생명 진화의 현장에서 지구상 모든 생명체의 유전자 구조가 지금과 같다는 사실은 이것이 지구 환경에 가장 적합한 구조라는 뜻이기도 합니다. 그러나 지금 우리는 새로운 DNA 구조를 가진 생명체가 있다는 증거를 받아들여야 합니다. 물론 이제 DNA가 아닌 새로운 이름을 붙여주어야 하지만 아직 만들지 못했습니다. 오늘까지는 이렇게 부르기로 하죠."

 발표를 시작한 지 얼마 지나지 않아 호기심 어린 눈빛과 숨소리만 가득했던 실내에는 웅성거림이 먼지처럼 일었다.

 "궁금한 점이 많으실 테니, 발표를 가능한 짧게 끝내고 질문을 받겠습니다. 먼저 구조입니다. 결론부터 말씀드리면 이 삼중 가닥 구조는 불안정하고 에너지가 많이 필요합니다. 하지만 일단 결합해 안정화된다면 구조적으로 견고하고 새로운 개체가 가지는 변이의 폭이 커집니다."

 문가에 서 있거나 벽에 기대있던 사람들이 조금씩 앞으로 밀려들었다. 실내에 있는 모든 사람이 듣고 보는 데 문제가 없었지만 조금이라도 가까이 있어야 진실에 더 닿을 수 있다고 믿는 본능 같은 것이었다.

 "이 구조가 형성되는 과정은 순차적으로 이루어집니다. 먼저 왓슨-크릭(Watson-Crick) 결합에 따라 일반적인 DNA 이중 가닥이 만들어집니다. A-T와 G-C가 수소결합으로 짝을 이루는 방식이죠. 그다음, 이중 가닥 사이의 공간에 또 하나의 가닥이 끼어듭니다.

이 두 번째 결합을 후크스틴(Hoogsteen) 결합이라 불리며, 염기들이 비표준적 방식으로 짝을 이루는 현상입니다. 그로 인해 기존의 왓슨-크릭 결합과는 다른 입체 구조가 형성됩니다. 이와 유사한 결합 형태는 G-쿼드러플렉스(G-quadruplex) 같은 특수한 핵산 구조에서도 관찰됩니다. 그곳에서는 G 염기들이 서로 다른 각도로 비틀리며 수소결합을 형성하죠. 이런 결합은 특정 조건, 예를 들어 낮은 pH환경에서 상대적으로 안정화됩니다. 이처럼 까다롭고 정교한 환경 속에서 삼중 가닥 유전체가 서서히 자리를 잡습니다."

화면은 이미 이루어진 이중나선 구조에 새로운 가닥이 끼어들어 새로운 각도를 이루며 염기들이 결합하는 과정을 보여주었다. 그리고 가닥들 사이에 번갈아 가며 염기들이 이어져 일정한 간격을 이루면서 견고한 구조를 만들고 있었다. 세 마리의 뱀이 서로를 감으며 이어지면서 견고한 밧줄이 되는 과정 같았다.

"저 밧줄은 뭘 붙들어 매고 있는 거야?"

김 팀장은 신비한 광경을 목격하는 듯 입을 다물지 못하고 중얼거렸다. 무거운 고통 때문에 잠에서 밀려난 정 과장이 찡그린 얼굴로 겨우 한 쪽 눈을 뜨고서 물었다.

"뭐라는 거야? 희끄무레 꼬챙이같이 생긴 놈이. 저 친구 어디서 본 것 같은데."

"그냥 주무시죠. 말해도 못 알아들을 테니. 그 목 떨어지지 않게 잘 붙드시고."

정 과장은 이번에는 뒤로 목을 꺾었다. 우두둑, 목뼈들이 어긋나는 소리가 울리거나 말거나 발표는 계속 이어졌다. 김 팀장은 저 꼬챙이 같은 남자가 어젯밤 팝콘 바구니를 던진 사람이라고 말하지 않았다.

유전학적 구조에 관한 이야기가 마무리되자 현중은 잠시 말을 끊었다. 한동안의 정적은 청중들 눈빛의 초점을 다시 발표자에게 맞추게 했다.

"지금 우리에게 중요한 것은, 이들이 우리와 어떤 방식으로 상호작용하느냐입니다. 새로운 생명체가 드러난 이상, 그 존재가 우리의 현실에 어떤 영향을 미칠지, 그리고 우리가 속한 사회와 생태계가 어떻게 변할지를 면밀히 살펴야 합니다. 이를 위해서는 이들의 생물학적 특징을 이해해야 합니다. 그 단서는 바로 이 유전체 구조에서 찾을 수 있습니다."

그때 장내에 소란이 일었다. 검은 존재 하나가 푸드덕, 콘퍼런스 홀의 허공을 가로질렀다. 어디를 통해 어떻게 들어왔는지 알 수 없는 커다란 까마귀였다. 몇몇 사람들이 일어나 폴짝 뛰었지만 어림없는 일이었다. 까마귀는 무대 토론자석 위에 걸린 매장형 스피커 돌출 부분에 앉았다. 사람들이 웅성거리며 동요하자 홀의 공간을 대각선으로 가로질러 뒤쪽 천장 조명 앞 파이프에 올라앉았다. 그러자 무대 대형화면 오른쪽 위에 커다란 까마귀 그림자가 새겨졌다. 영화에서 보는 특수효과의 한 장면 같았다. 청중 사이에서 낮은 탄성이 흘러나왔다. 진행요원 몇이 사다리를 들고 들어왔으며, 천장 조명 사이 난간에도 사람이 모습을 드러냈다. 그러나 접근이 쉽지 않았다. 이 상황에 자신이 붙은 듯 까마귀는 꼼짝하지 않았다. 지루한 수업 시간 중 교실에 들어온 참새를 반기는 초등학생처럼 정 과장은 벌떡 일어나 객석 뒤쪽으로 뛰어나갔다. 소동 중 잠시 말을 끊었던 발표자 현중은 다시 이었다.

"사람은 아니지만, 우리가 발견한 새로운 생명체에 관심을 가진 관객이 하나 늘었군요. 발표를 계속하겠습니다. 이들의 DNA를 분석한 결과 우리는 이들이 인간과 거의 같은 외관을 가지고 있을 것으로 판단했습니다. 물론 변이의 폭이 크기 때문에 인간의 평균 체격에 비해 두 배 이상 크거나 3분의 1 정도로 작은 개체가 나올 확률도 낮지 않습니다. 예측하기는 어렵지만 피부가 크리스털 구조를 가진 각질로 덮여있을 수도 있습니다. 세 개의 뉴클레오타이드 가닥으로 이루어진 DNA는 후크스틴 결합으로 삼각 구조를 이루기 때문에 역학적으로 견고한 형태입니다. 또한 융점이 높아 인간이 생명을 유지할 수 있는 온도보다 훨씬 높은 온도나 낮은 온도에서도 유기체로서 적응할 확률이 높습니다. 세 번째 가닥이 백업으로 작동해 DNA 손상 복구 능력이 뛰어날 가능성도 있습니다. 물론 이러한 형태를 유지하는데 더 많은 에너지가 필요하므로 새로운 에너지 환경이 필요합니다. 그렇지 못하다면 자체적으로 높은 효율을 가진 대사 시스템을 갖추게 될 것입니다."

 화면에 드리운 까마귀의 그림자는 꼼짝하지 않았다. 한번은 발표 내용에 수긍한다는 듯 머리를 끄덕이기도 했다. 까마귀를 잡으려는 사람들은 조용히 부산했다. 뒤쪽 벽에서는 커다란 잠자리채를 든 한 사람이 사다리를 타고 오르고 있었으며 천장 아래 조명 난간에서도 두 사람이 뒤꿈치를 들고 다가갔다. 이 와중에 시끄러운 사람이라고는 어둠 속에서 혼자 부산한 정 과장뿐이었다.

 "이런 결과 때문에 지구와 환경이 다른 행성에 생명체가 존재한다면 이런 삼중나선 구조를 가진 생명체를 예상합니다. 더 가혹한 환경에서 견딜 수 있으며 더 다양한 유전적 변이의 가능성을 가지고 있기 때문입니다. 그런데 이들이 지구의 환경에서 발견되었다는 사실은 우리에게 또 다른 가능성을 활짝 열어주고 있습니다. 이 구조는 유전자의 발현을 조절할 수 있는 특징을 가집니다. 즉, 특정 유전자의 전사를 억제한다는 말이죠. 이를 통해 우리는 곧바로 몇 가지 가능성을 떠올릴 수 있습니다. 암과 관련된 특수 유전자의 발현을 막을 수 있고, 염색체 끝의 텔로미어(Telomere)가 체세포 분열을 거듭하면서 짧아지는 과정을 늦출 수도 있습니다. 그렇게 된다면 영생까지는 아니어도 인간이 자신의 노화를 최대한 지연시킬 방법을 얻을 수도 있겠죠. 이번 발견으로 인류는 인간 존재와 관련된 비밀의 문을 열 수 있을지도 모릅니다."

제일 앞줄에 앉아 있던 한 사람이 궁금증을 참지 못하고 벌떡 일어나 소리쳤다.

"그들이 우리에게 위험이 될지 비밀의 문이 될지 누가 확신하겠습니까? 그래서 말인데, 대체 그 생명체가 지구상에 몇이나 되는지 알 수 있나요?"

"원래는 발표 후 한꺼번에 답변드리려 했는데, 질문이 나왔으니 지금 말씀드리겠습니다. 삼중 가닥 유전체는 복제 과정이 복잡합니다. 그래서 가닥을 풀고 풀린 가닥을 나누어 재결합하는 과정이 우리 인간보다 81분의 1로 성공률이 떨어집니다. 또 에너지가 많이 필요합니다. 대사 과정이 아주 느려지는 초저속 대사의 가능성도 있습니다. 극단적으로 느려지는 경우를 보자면 한 번의 세포분열에 우리 시간으로 100년이 걸리는 경우도 가능합니다. 어찌 되었든 생명체로서 효율이 떨어집니다. 이 과정을 모두 고려해 계산한 결과 인류의 개체수에 비해 14만분의 1 정도로 산출하고 있습니다. 지구상에 약 5만에서 10만 정도로 추정합니다."

"저 사람이 말하는 우리가 누구야? 지구 위에서 숨 쉬는 인간 전부를 말하지는 않을 테고. 어디까지가 우리야? 위험이 되는 그들은 누구이고 위협을 당할 수 있는 우리는 어디부터 어디야? 그래서 그들이 어떤 존재인지도 모르는데, 누구부터 누구까지가 우리야? 어떤 존재인지도 모르면서 그냥 적으로 취급하고 무조건 체포하고, 그래도 되는지 모르겠어."

발표 내용 하나하나를 곱씹으며 듣던 김 팀장은 자신도 모르게 중얼거리고 말았다. 어느새 자리로 돌아와 가쁜 숨을 몰아쉬던 정 과장은 김 팀장의 날선 독백을 흘려듣고는 대뜸 자신 또한 혼잣말하듯 받았다.

"적이 있으면 우리가 되는 거지. 우리가 3팀하고 경쟁한다고 생각해 봐. 그럼 김 팀장과 내가 우리가 되는 거잖아. 외계인이 쳐들어와 봐. 지구에 사는 인간 전부가 우리야. 그래서 적이 필요한 거라고. 싸움이 우리를 만드는 거야. 사람인지 아닌지도 모를 저것들이 일단 우리는 아니잖아? 그렇게 볼 수 있잖아? 그러면 적인 거지. 김 팀장하고 나하고는 우리가 되는 거고. 상대가 누구인지 모를 때에는 일단 적이라고 생각하면 돼."

"반대로 생각해 보시죠? 우리에 갇힌 돼지들을 떠올려 볼까요. 우리에 갇힌 존재들이 우리를 부수고 나가기 위해 힘을 합칠 때 우리가 되는 거 아닌가?"

"뭐야. 말장난이야?"

"같은 목적, 같은 마음으로 모인 사람들이 우리라는 말입니다. 그러니까 우리라는 건 우리의 선택이 모일 때 우리가 되는 거죠."

"유식한 척하기는. 그래봐야 자네는 내 부하직원이고, 나라에서 주는 월급 받는 공무원일 뿐이야. 그렇지 않아? 자네, 돈은 별로 없는 사람이 생각이 너무 많은 거 아냐?"

원래도 살갑지 않은 관계가 또 한 번의 논쟁으로 더 냉랭해졌다. 그러나 금방 잊은 듯 정 과장은 다시 김 팀장에게 말을 건넸다.

"뒤에서 들었는데, 저 까마귀 말이야. 학술대회 있을 때마다 자주 들어온다더군. 어떻게 들어오는지 알 수도 없고, 또 끝날 때쯤 되면 어디로 나가는지 모르게 조용히 사라진다는데, 사람으로 변해서 걸어 나간다고도 하는데, 누구는 이 안에서 부화해서 자란 놈이라고도 하고. 하여간 굉장히 유식한 까마귀일 거야. 학술대회 많이 들어서. 이 호텔에서 열리는 행사에 유난히 사고가 많은 게 저 빌어먹을 까마귀 때문이라는 소문도 있고. 제 부리가 가리키는 사람이 죽기도 한다는데, 뭐 죽음의 계시라나 뭐라나……"

"그만하시죠."

그때 까마귀가 날아올라 10미터 정도 이동해 반대편 조명 난간에 앉았다. 자신을 쫓는 사람들이 다가가자 귀찮다는 듯 자리를 옮긴 것이다. 새로 앉은 자리 또한 조명등 바로 앞 파이프였다. 그 결과 까마귀 그림자는 무대의 대형 화면 왼쪽 아래로 이동해 다시 자리 잡고는 꼼짝하지 않았다. 공교롭게도 까마귀의 부리는 정확하게 무대 우측에 앉아 있는 남녀 토론자를 가리켰다.

"저거 봐! 까마귀 그림자가 저 사람들을 지목하잖아. 기분 좋지는 않겠는걸."

정 과장의 독백이 공허하게 메아리치는 가운데 까마귀는 조각품이라도 되는 듯 움직이지 않았다. 은근한 소란 중에도 발표는 이어졌다.

"DNA의 뉴클레오타이드 가닥이 늘어나면서 분리되거나 다시 결합하는 과정이 더욱 복잡해진 만큼, 이들의 생식 과정 또한 복잡할 것으로 예측합니다. 가능한 방법을 찾아보는 많은 실험 결과, 생식 과정은 인간처럼 한 번에 이루어지지 않고 두 단계에 걸쳐 진행되는 것으로 보입니다. 그러니까 두 개체가 내어놓은 생식세포에서 먼저 두 가닥의 DNA를 만들고 여기에 세 번째 개체의 염기 가닥이 끼어들어 가면서 염기들이 연결되는 것이죠."

무대 뒤 화면은 계속해서 세 개의 뉴클레오타이드 가닥이 서로를 휘감으며 기존의 염기들이 떨어지고, 다시 번갈아 가며 연결되는 염기들을 보여주고 있었다. 현실에 있는 존재가 아니라 가능성으로 그린 새로운 상상력 같은 그림이었다. 한구석에 꼼짝하지 않고 앉아있는 까마귀의 그림자 또한 현실 같지 않았다.

"그리고 우리는 연구를 진행하면서 또 하나의 가능성을 고려하고 있습니다. 이들 DNA는 후크스틴 방식으로 결합하고 있는데 이 경우 일반적인 수소결합에 비해 생체 전자기장이 강력해질 수 있는데, 이는 예측할 수 없는 기능들을 발현할 수 있습니다."

"뭐죠? 텔레파시 뭐 이런 걸 말하는 건가요?"

조금 전에도 따지고 들었던 1열의 남자였다.

"예측할 수 없다는 말 그대로 특정할 수 없다는 말입니다. 하지만 그와 비슷한 현상들을 볼 때 가능성을 완전히 배제할 수는 없습니다."

말이 끝나기 무섭게 여기저기서 질문이 쏟아지기 시작하며 알아들을 수 없는 아우성들로 파도가 일었다. 그 파도를 움직이는 건 두려움이라는 에너지였고, 파도 표면에는 두려움을 감추기 위해 덧씌워진 증오가 어른거렸다. 현중은 거의 고함을 질러가며 청중을 진정시키고 상대 토론자에게 시간을 넘겼다.

10:54

배경대학교 토론자석으로 두 명의 토론자가 걸어 나와 앉았다. '엘리'라는 명패 뒤에 앉은 여자는 2미터에 가까운 신장에, 남성이라 해도 될 만큼 단단한 체격을 지니고 있었다. 여기에 조명을 받은 흰색 정장은 주변에 아우라를 뿜어 압도적인 분위기를 만들었다. 곧바로 스탠딩 데스크로 향한 남자는 청색 정장을 입지 않았다면 초등학생으로 여길 만큼 작은 체격이었다.

기자석에 앉아 있던 성 기자는 그들을 알아보고 놀라 벌떡 일어났다. 그리고 그들이 누구인지, 그들과 있었던 일이 무엇이었는지 순식간에 정리가 되었다. 그러나 그 순간부터 자신은 무엇을 해야 하는지 알 수 없었다. 머릿속을 빠르게 회전시켰지만, 도무지 생각이 정리되지 않았다. 결국 그는 다시 자리에 주저앉았다. 동그란 조명 안에 든 남자는 자신을 '마하'라고 소개했다. 곧 작고 가는 목소리가 귀밑에 붙은 마이크를 타고 울리기 시작했다.

"지금부터 우리가 전하는 메시지는 토론이 아닙니다. 그렇다고 협박도 아닙니다. 생명으로서 스스로 인류라고 부르는 영장류에게 건네는 매니페스토입니다."

조금 기이하게 생긴 토론자가 시작부터 던진 이 기이한 말은 청중을 바짝 긴장시키기에 충분했다.

"우리 메시지를 전달하기 전에 먼저 KRDI의 김현중 박사가 발표한 내용을 간단하게 짚겠습니다. 삼중 가닥 구조에 관한 연구 내용과 에너지 환경, 대사 과정에 대한 추정, 변이 가능성, 생식 과정 등, 연구 결과는 대략 옳은 내용이라고 볼 수 있습니다. 아직 디테일에 관한 연구는 이루어져 있지 않지만, 앞으로의 가능성은 충분합니다. 눈앞에 놓인 단순한 이익이나 삿된 권력에 종속되지 않고 연구의 방향성을 지켜나간다면 인류가 만들어갈 미래에 커다란 도움이 될 것으로 생각합니다."

학술대회에 어울리는 발언은 아니었다. 여기저기 긴장된 눈빛들이 늘어나고 있었다. 토론자는 살짝 고개를 돌려 김 박사를 바라보았다.

"김현중 박사님, 트리만이라는 작명은 트리니티(Trinity)와 휴먼(Human)의 합성어인가요? 그래서 삼위일체 인간, 뭐 이런 의미인가요? 별로 마음에 들지 않지만 일단 그렇게 지칭하고 더 나아가겠습니다. 우리는 종교적 의미 부여 같은 일에는 관심이 없습니다. 그러나 3이라는 숫자는 과학적으로도 의미가 있습니다. 세 개의 개체가 있습니다. 이들이 고정되어 있다면 견고한 구조로 완성됩니다. 이 셋이 운동을 하고 있다고 한다면 3이라는 숫자는 카오스로 내딛는 첫발이 됩니다. 3체 문제(Three-body problem)가 바로 그것입니다. 세 개의 물체가 상호작용하며 움직일 때, 그 미래의 궤적은 예측할 수 없습니다. 그렇게 우주는 카오스의 바다로 출렁이며 존재하지만, 그 혼돈 속에서 질서가 태어나죠. 그리고 그 질서의 자식이 바로 우리 생명입니다."

 마하는 두 걸음 앞으로 걸어 나왔다. 그리고 옷을 벗기 시작했다. 그의 손길은 느렸지만, 한 점 망설임 없이 정확했다. 재킷을 벗고 셔츠를 벗어 옆에 바닥에 내려놓을 때까지 그 큰 공간에 어떤 숨소리도 들리지 않았다. 까마귀 그림자까지도 꼼짝하지 않았다.

 방송사 카메라들은 이 상황의 한 컷이라도 놓칠세라 눈에 불을 켜고 영상을 빨아들이고 있었고, 무대 앞 의자에 앉아 있던 경비 두 사람은 벌떡 일어나 어쩔 줄 모르고 발을 동동 굴렀다. 그들이 할 수 있는 일은 무전기에 입을 대고 격렬하게 속삭이는 것뿐이었다. 누군가로부터 제지하지 말라는 연락을 받았는지, 가스총에 손을 붙이고는 꼼짝하지 않고 서서 무대를 지켜보았다.

 마하는 기어코 바지까지 벗어 옆에 놓고는 무대 위에 서 있었다. 벗은 몸은 왜소하기는 하지만 사람의 몸이 분명했다. 그러나 그의 몸에는 하얀 피부 말고는 아무것도 없었다. 어떤 털도, 두 개의 젖꼭지도 없었으며 사타구니에는 남성이나 여성이 가진 어떤 성기도 없었다. 갑작스러운 누드 출현에 놀란 사람들은 다시, 눈앞의 낯선 신체에 충격을 받았다. 모두가 말을 잊은 채 숨을 삼키는 동안 조명의 까마귀가 대신 한번 까악, 하고 크게 울었다.

"우리가 그들입니다. 당신들이 트리만이라고 부르기로 한, 우리입니다."

충격적인 침묵을 깨뜨린 사람은 자리에서 일어난 엘리였다. 분명 여자의 목소리였지만 어떤 사람의 음성보다 압도적이었다.

"우리는 우리 자신을 사람이라고 부릅니다. 당신들은 우리에게 낯선 이름을 붙이고 당신들과 다르다고 생각하겠지만, 아주 긴 시간 동안 당신들과 함께 같은 말로 대화하고 같은 밥을 먹으면서 같은 우리로 살아온 사람입니다. 몸이 조금 다르다고 위험이 되지는 않습니다. 그렇게 서로 다르다고 그어놓은 빨간 선은 어디에 있습니까? 정말 있었습니까? 그렇다면 그 선은 또 얼마나 굵은가요?"

엘리가 말하는 동안 정 과장은 두통도 잊은 채 입을 다물지 못하고 있었다. 사전 정보로 대략 짐작은 하고 있었지만, 자신들의 정체를 밝힌 그들을 직접 눈으로 본 순간, 의식이 정지된 것 같았다. 잠시 후 정 과장은 팀원 사이에 무선 통신을 열고는 조용히 소리쳤다.

"시작, 시작, 작전 시작!"

정 과장은 자신도 모르게 김 팀장의 손목을 꽉 쥐고 있었다. 그때 김 팀장의 목소리가 막고 나섰다.

"대기. 아직 대기. 준비되지 않았다. 3팀, 체포조 모두 대기하고 지원팀은 지붕으로 진입해 대기하라."

김 팀장이 흥분한 정 과장의 뒷덜미를 세게 부여잡았다.

"지원팀은 아직 밖에서 대기 중입니다. 곧 진입할 겁니다. 여기 체포조도 준비가 완전히 끝나지 않았으니, 조금만 더 기다리세요. 잠시 후에 작전을 시작해도 이 안에서 도망칠 길은 없습니다. 저들이 뭐라고 하는지, 더 듣고 움직여도 늦지 않아요. 더 기다리세요."

"뭐야, 책임자는 나야, 너는 부하고."

"부하이자 부책임자로서 신중하게 얘기하는 겁니다. 조금만 더 다리 기세요."

"뭐라고? 나 원래 다리 길어. 안 보여?"

"기다리세요. 말이 헛나갔……, 아니 과장님 긴장 풀라고 한 유머입니다. 진짜 유머는 원래 긴급한 상황에서 작동하는 겁니다."

김 팀장은 정 과장의 뒷덜미를 쥔 손에서 힘을 풀었다. 그러자 정 과장도 눈에 힘을 풀고 다시 무대를 쳐다봤다.

"저 뒤에 방송 카메라들을 봐요. 이렇게 지켜보는 눈이 많잖습니까. 우리가 작전을 시작하는 시점은 모두가 저들이 위험하다고 생각하는 때입니다. 보는 이들에게 우리 작전이 옳다고 설득하려면 충분한 이유가 있어야 할 것 아닙니까? 시간을 주면, 저들이 그렇게 할 겁니다. 기다리세요."

잠시 끊어졌던 엘리의 목소리는 더 단호해져서 돌아왔다.

"여기 기관 사람들이 와있다는 사실 잘 알고 있습니다. 원하면 우리를 데려갈 수 있겠죠. 그게 당신들 일이니까요. 우리 일상에 무력은 없습니다. 그런 방식을 좋아하지 않아요. 하지만 조금 더 들어야 합니다. 우리의 메시지를."

그 사이 다시 옷을 입고 제자리로 돌아간 마하가 뒷말을 이었다.

"우리는 성(性)이 고정되어 있지 않습니다. 그리고 자손을 만드는 섹스라는 작업도 두 단계로 이루어집니다. 먼저 이루어지는 섹스에서는 각각의 생식세포를 내어놓아 당신들과 같은 두 가닥의 DNA를 가진 1차 생식세포를 만듭니다. 이때 둘 중 하나가 수태자 역할, 그러니까 자궁을 가진 여자 역할을 하는 거죠. 1차 섹스는 트리만끼리도 가능하지만, 트리만이 인간 여자와 관계하면 여자가 수태자로, 인간 남자와 관계하면 트리만이 수태자가 됩니다. 이후 2차 섹스에서 다른 트리만이 새로운 자궁을 만들어 세 가닥의 유전체가 완성됩니다. 이런 생리적 과정을 얘기하는 이유는 정해지지 않은 성역할의 중요성 때문입니다. 변하지 않는 것은 모두 썩죠. 그것이 성이라도, 성역할이라도 썩어 서로를 착취합니다. 존재의 기본은 물리적으로나 정신적으로 서로 같은 존재임을 이해하는 데 있습니다."

사람들은 마치 거대한 폭발을 앞둔 것처럼 팽팽하게 긴장해 있었다. 그들을 체포하러 온 사람들은 아주 조금씩 움직이며 작전을 준비하고 있었고, 예상치 못한 상황에 휘말린 KRDI 팀도 긴장의 끈을 놓지 못했다. 현중의 얼굴은 일그러진 지 오래였다.

성 기자가 결론을 내리는 데는 긴 시간이 필요하지 않았다. 그들은 사람이었다. 같이 밥을 먹고, 잡담을 나누고, 함께 생식행위를 했던, 자신과 같은 인간이었다. 그렇기에 누구도 다쳐서는 안 됐다. 그는 자리에서 일어섰다. 카메라를 단상 쪽으로 향하게 하면서, 청중석을 번갈아 살폈다. 비록 과학기자였지만, 언제 어디서 무슨 일이 벌어지든 기록해야 한다는 생각이었다.

"그다음은 연결입니다. 우리는 연결되어 있습니다. 우리도 그 원인과 작동 원리를 완벽하게 알지 못합니다. 하지만 우리는 연결되어 있습니다. 물론 완벽한 프로토콜을 갖추고 데이터를 주고받는 연결은 아닙니다. 우리는 생명으로 연결되어 있습니다. 생명의 프로토콜은 정서입니다. 우리는 정서로 연결되어 있습니다. 그래서 우리는 죽음을 압니다. 우리가 인간과 다른 부분이 있다면 이것이 가장 큰 차이입니다."

굵게 강조된 문장처럼 장내에 울림도 점점 커졌다. 마하가 스스로 목소리를 높이고 있는 것인지, 아니면 앰프가 분위기를 알아 볼륨을 올리고 있는 것인지 알 수 없었다. 발표는 분명 정점을 향해 나아가고 있었고, 그 소리는 듣는 이들의 무의식에 대고 은밀히 속삭이고 있었다.

"물론 인간도 서로 교감합니다. 타인의 아픔을 공감하고 기쁨을 나눕니다. 여기에서 한 걸음 더 나아가 우리는 직접 정서를 나눕니다. 생명체는 시간과 환경에 따라 변화합니다. 이것이 진화입니다. 만약 진화에 방향성이 있다면, 또 생명체 스스로가 진화의 방향을 결정할 수 있다면 결론은 자명합니다. 우리는 자신 있게 말할 수 있습니다. 바로 연결입니다. 우리는 인간보다 더 직접적으로 연결되어 있습니다. 개인으로 살지만, 집단적 정서를 나눌 수 있는 연결이 있습니다. 성분을 분석하고 반응을 지켜보면 대략 맛을 예측할 수 있지만 결국 음식은 먹어봐야 알 수 있는 것입니다. 여러 연구와 분석으로 죽음을 추정할 수 있지만 누구도 죽음을 알 수 없습니다. 느낄 수 없습니다. 우리는 직접적인 연결로 타인의 죽음을 공감합니다. 우리가 더 진화했다고 그래서 잘났다고 주장하는 것이 아닙니다. 우리를 이루는 유전체의 구조 때문에 나타난 현상일 뿐입니다. 사실 이 연결은 아주 큰 고통이기도 합니다. 죽어가는 과정을 정서적으로 공유하는 일은 같이 죽어가는 일이기 때문입니다."

"무슨 개소리를 하는 거야? 김 팀장 쟤들 후딱 잡아넣고 퇴근하자고. 더 이상 기다릴 이유가 뭐야? 머리도 아파 죽겠는데."

이때 무대 위에 앉아 있던 엘리가 정확하게 정 과장을 바라보며 손바닥을 보였다. 그리고 손을 바닥

쪽으로 눌렀다. 강아지에게 '앉아'라고 명령할 때의 동작, 바로 그것이었다. 정 과장은 홀린 사람처럼 입을 닫고 조용히 제자리에 앉았다.

"조금만 더 기다려보죠. 저들이 매니페스토, 어쩌고 했으니까, 결론이 있을 겁니다."

엘리의 손짓을 보지 못한 김 팀장은 조용해진 정 과장이 자신의 말 때문이라고 생각했다. 아니, 생각하지 않았다. 시간이 흐를수록 마하의 목소리에는 또박또박 방점이 찍히고 있었다.

"인간은 지구를 망치고 있습니다. 이 우주 안에서 자신들이 살고 있는 유일한 집을 아무 이유 없이 스스로 불태우고 있습니다. 조금 떨어져서 보면 지구의 대기는 달걀껍데기보다 얇고 허약합니다. 그러나 이 허약한 대기가 우리가 숨 쉴 수 있는 유일한 곳입니다. 우리는 작은 방구석에 쪼그리고 앉아 있습니다. 그리고 저만치 반대편 구석에 연탄불을 피워놓았습니다. 방에는 창문 하나 없습니다. 누가 봐도 자살입니다. 내 앞에 한 사람이 더 앉아 있습니다. 그는 나보다 한 발짝 연탄에 가깝습니다. 그래서 지금 나는 괜찮을 거라고 믿고 있습니다. 그를 조금 더 연탄 쪽으로 밀치고는 나는 괜찮을 거라고 확신합니다. 방 안에는 한 잔의 물밖에 없습니다. 나는 그 물에 비닐을 넣고 스티로폼을 넣고 그것도 모자라 독극물까지 탔습니다. 내 앞에 앉은 그가 먼저 마시면 나는 괜찮을 거라 믿습니다. 이것이 우리가 속해 있는 생태계를 대하고 있는 자세이며 우리가 서로를 대하는 태도입니다. 명백한 자살입니다."

마하의 말이 끝나고, 한동안 정적이 흘렀다. 잠시 후 그곳엔 엘리가 서 있었다. 연단 뒤 화면은 빨갛게 달아오른 연탄을 비추며 점점 가까워졌다. 순간 공기 속에서 일산화탄소 특유의 냄새가 코를 찔렀다. 여기저기서 기침 소리가 터져 나왔다.

"안심하세요. 같은 자극이지만 진짜 일산화탄소는 아닙니다. 고마워요. 칩 매니저."

가슴에도 미치지 못하는 스탠딩 데스크 앞에 선 엘리는 허공에 대고 고맙다는 인사를 했다.

"인간은 아직 연결이 부족합니다. 지구 위에서 이렇게 어이없는 자살이 행해지고 있는 이유는 인간이 죽음을 알지 못해서입니다. 타인의 고통을 공감하지 못하기에 무엇이든 할 수 있는 겁니다. 직접 겪지 못해서입니다. 그러나 이제, 인간들 사이에 연결이 깊어지기를 더는 기다릴 수 없는 상황에 이르렀습니다, 지구는 오래전부터 살아온 우리의 집이기도 하기 때문입니다. 그래서 우리는 행동하기로 했습니다. 이것이 우리 매니페스토입니다."

화면에는 정확히 이름을 알 수 없는 바이러스들의 구조와 움직임이 나타났다.

"세 세대 후면 인간이라는 종족은 지구 위에서 사라질 겁니다."

이때 제일 앞줄에 앉아 조용히 발표를 듣고 있던 박 교수는 더 이상 참지 못하겠다는 듯 일어섰다. 그리고 정중하고 정확하게 말했다.

"우리 발표장에서 이상한 쇼와 망상에 가까운 주장을 하고 있습니다. 정확한 근거를 내놓아야 합니다. 아니면 학술대회를 망치려는 의도로밖에 생각할 수 없습니다. 더 이상 지체하지 말고, 과학적인 증거를 보이세요."

"새로운 생명 구조를 주장한 이는 당신들입니다. 우리에게 트리만이라 이름을 붙인 이 또한 당신들입니다. 우리는 그 증거로 이 자리에 섰습니다. 우리가 바로 그 근거입니다. 우리는 방금까지 인간이 사라져야 한다는 주장에 대해 흔들릴 수 없는 근거를 보여주었습니다. 다소 문학적인 비유이기는 했지만, 이 또한 아무도 부정하지 못하는 근거입니다. 자, 다시 얘기하지만, 세 번의 세대가 지나면 인간은 지구에서 사라집니다."

청중들이 웅성거리기 시작했지만, 엘리는 지체하지 않았다.

"변형된 톡소 프로그램으로 인간은 사라질 것입니다. 톡소는 고양이를 숙주로 번식하고 쥐나 인간 등을 중간숙주로 이용하는 기생충입니다. 톡소는 쥐의 뇌에 침입해 고양이의 배설물을 사랑하게 변형시킵니다. 숙주인 고양이의 몸으로 돌아가려는 거죠. 변형된 톡소는 사람 사이의 접촉을 통해 옮겨 다니며 종국에는 흙 속으로 돌아가려 합니다. 톡소는 흙에서 인간으로 전염되고 다시 흙으로 돌아갑니다.

바로 죽음의 흐름입니다. 인간이 감염되면 증상은 거의 없습니다. 다만 성욕을 잃고 점차 무기력해지죠. 그렇게 후손을 남기지 못하는 사람들이 늘어나면, 세 세대 뒤에는 인류가 거의 사라지게 됩니다. 이 프로그램은 이미 시작되었습니다. 우리는 인간에게 부탁합니다. 아무것도 하지 않으면 아무 일도 일어나지 않습니다. 인간은 무엇이든 해야 합니다."

사람들은 숨조차 쉬지 못했다. 이 선언이 사실인지, 지금 무슨 일이 벌어지고 있는 걸까. 만약 생각이 소리를 낸다면 아마 천둥보다 거세게 대회장을 흔들었을 것이다. 그러나 천둥 대신 '까악', 까마귀의 비명이 홀 안의 정적을 갈랐고 바로 다음 순간, '철퍼덕', 묵직한 유기체 덩어리가 바닥에 떨어지는 소리가 실내에 메아리쳤다. 대회장 뒤쪽이었다.

11:59

화면 위로 드리운 까마귀의 그림자가 소리 난 쪽

을 향해 고개를 돌렸다. 잠시 뒤 진짜 까마귀도 그림자와 같은 방향으로 시선을 옮겼다. 실내의 모든 사람도 그 시선을 따라 고개를 돌렸다. 그곳에는 인류의 희망 대신 한 사람이 바닥에 누워 신음하고 있었다. 검은색 옷을 입고 검은색 헬멧을 쓰고 검은색 총을 든 군인이었다. 떨어진 군인 뒤 벽에는 밧줄이 여럿 걸쳐 있었다. 조명 위 어둠 속에는 지붕을 통해 들어와 명령을 기다리던 지원팀이 소리 없이 바닥에 닿기 위해 던져놓은 밧줄들이었다. 바로 전, 어둠 속에서 대기하던 팀원 중 한 명은 조명 파이프에 앉아 있는 까마귀를 발견하고 아무도 명령하지 않은 작전을 실행했다. 까마귀를 잡기 위해 파이프를 타고 까마귀에게 다가간 것이다. 그러나 천천히 고개를 돌린 까마귀와 눈이 마주쳤고, 모든 것의 속내를 알고 있는 듯한 까마귀의 눈빛에 군인은 당황했다. 까마귀는 안쓰럽다는 듯 한마디를 던졌다.

"까악!"

이 질문에 답할 말을 찾지 못한 군인은 대답 대신 발을 헛디뎠다. 그리고 조명 파이프에 턱걸이처럼 매달렸다. 아무리 체력에 자신 있는 군인이었지만 손가락장갑은 예상치 못한 상황을 붙들고 있기에 미끄러웠다. 군인은 마음속으로 '떨어진다!'를 외치며 떨어졌다.

총을 본 청중은 자리에서 일어나 웅성거렸다. 몇몇은 출입구로 다가가 손잡이를 쥐고 흔들어보았다. 잠겨있었다. 이런 상황에도 엘리는 비명을 지르듯 마지막 말을 던졌다.

"호모사피엔스가 지구상에 등장한 지 2만 년이 지났습니다. 당신들이 아무 일도 하지 않는다면, 톡소프로그램이 아니어도 2백 년 안에 지구상에서 사라질 것입니다. 이제 당신들에게는 멸종의 방법을 선택하는 일밖에 남지 않았습니다."

이 선언이야말로 인간의 미래에 관한 가장 비극적이면서도 가장 정확한 예언이었지만, 한 군인이 저질러놓은 난장 때문에 그 무게감이 대폭 줄고 말았다.

이제 충분한 명분이 생겼다고 판단한 김 팀장은 무선통신을 켜고 소리쳤다.

"해 떨어졌다. 시작! 작전 시작!"

제일 먼저 트레이닝복을 입고 청중에 섞여 있던 다섯 명의 체포조가 무대를 향해 움직이기 시작했다. 벌떡 일어난 정 과장은 수업 끝을 알리는 종소리에 신이 난 아이처럼 무대를 향해 뛰었다. 지원팀원들은 줄을 타고 멋지게 내려오기는 했으나 출입문을 향해 몰리기 시작한 청중에 갇혀 꼼짝하지 못했다.

난장판이 벌어진 가운데 성 기자는 무엇을 해야 할지 정확하게 알게 되었다. 귀 뒤쪽에서 소리가 들렸다. 자신에게만 들리는 엘리의 목소리였다.

'단상 위로 올라오세요.'

계단을 오르던 성 기자는 발표자 자리에서 벌떡 일어난 김현중 박사가 오른손에 한쪽 구두를 벗어들고 청중을 향해 소리를 지르는 모습을 보았다.

"뭐, 이따위 현실이 다 있어? 이게 뭐야? 이게 현실이야?"

현중은 자신의 과학적 발표의 장이 무너지고 있는 이 현실을 부정하고 싶었다. 그리고 방충망에 슬리퍼를 던지듯 힘껏 구두를 집어 던졌다. 구두는 제법 높이 날았다. 날아간 구두는 놀랍게도 까마귀를 정확히 맞췄다. 맞췄다기보다는 스쳤다. 바통을 이어받은 주자처럼 까마귀는 날아올랐다. 까마귀는 무대 벽에 펼쳐진 대형화면을 향해 직선으로 날았다. 그리고 의심 없이 부딪쳤다. 으레 깨진 디스플레이와 바닥에 떨어진 까마귀를 예상했지만, 까마귀는 방충망 안의 현실을 부정하듯 깔끔하게 화면 안으로 들어갔다. 그리고 연미복을 입은 지휘자로 몸을 바꿨다. 지휘자는 현실을 지휘하겠다는 듯 지휘봉을 들고 아수라장이 된 학술대회장을 바라보았다. 첫 움직임으로 지휘봉은 천정의 조명을 가리켰다. 조명이 꺼졌다. 통로에 흐릿한 비상등만 남은 실내는 더 커진 비명과 고함으로 가득 찼다. 다음 지휘봉은 무대 바닥을 가리켰다. 바닥에 작은 문이 열렸다. 문 아래에서 미스 포머, 빨간 석류 사장이 손을 흔들었다. 빨리 내려오라는 손짓이었다. 네 사람은 지체하지 않고 무대 아래 지하공간으로 내려갔다. 엘리, 마하, 성 기자, 유경이었다. 잠시 후, 자동으로 문이 닫히려는 순간, 또 다른 다섯 명이 재빨리 지하 통로로 뛰어들었다. 트레이닝 복을 입은 체포팀이었다. 문은 닫혔다. 어둠 속에서 비명과 고함과 악다구니가 대회장을 채운 시간은 고작 3분이었다. 조명이 다시 켜졌을 때, 화면 속 지휘자는 사라지고 없었다.

12:18

호텔 정문 앞, 승합차가 한 대 서있다. 나라대학 트레이닝복을 입은 다섯 사람은 자연스레 승합차에 올라 호텔을 떠났다. 정문을 지키던 경찰들도 그들의 복장과 신분증을 핑계로 선뜻 그들을 보내주었으나, 애초의 체포팀과 얼굴이 다르다는 사실을 눈치채지 못했다.

"어떻게 그 사람들하고 똑같은 운동복까지 준비했지?"

제충시 외곽을 돌아 서울로 향하는 차 안에서 엘리에게 물었다.

"성 기자, 아직 잘 모르겠어요? 칩 매니저, 칩 매니저가 모든 걸 준비해 줬어요. 옷뿐 아니라 모든 걸. 그들을 파악해서 박광순이라는 이름을 불러내고, 카페 포머와 석류 사장을 만들고, 운동복을 입은 사람들을 엉뚱한 복도로 유인해 가둬두고. 오늘의 쇼까지 모든 걸."

석류 사장은 여전히 빨간 드레스를 입고 있었지만, 드레스를 꽉 채우고 있던 풍성한 몸매는 간데없이 사라지고 마른 몸이 되어 있었다. 성 기자는 궁금했지만 묻지 않았다. 촘촘히 짜인 드라마 속에 혼자만 시작과 끝을 모르고 있는 외톨이가 된 기분이었다. 유경과 석류, 마하까지 성 기자는 새삼 둘러보았다. 모두 웃었다.

"그 칩 매니저, 사람이 아니겠네."

이제 깨달았다는 듯 성 기자가 허탈하게 푸념하자, 마하의 가는 목소리가 답했다.

"엘리가 먼저 접촉해서 설득했어요, 호텔을 운영하는 AI와. 그리고 유경 씨는 김 박사가 우리 유전체를 발견할 수 있도록 인도했고, 신체 부위를 변화시키는 일 정도는 별거 아니잖아요?"

성 기자의 마음을 누르고 있는 무거운 것이 있었다. 엘리가 웃었다. 웃음으로 말하는 듯하다가 다시 웃었다.

"톡소프로그램은 사실이에요. 당신도 그중 하나이고. 하지만, 당신뿐 아니라 모두가 괜찮아요. 아무 증상이 없으면 아무 일도 없는 거니까. 지구상에 있는 누구에게도 아무 일도 일어나지 않을 거예요. 그것들은 그냥 바람처럼 우리 안을 스쳐 지나갈 뿐이에요."

"하늘은 역시 가을이 최고네. 화장실 가야겠어, 휴게소 좀 들어갑시다."

성 기자는 아랫배를 움켜쥐었다. 스쳐 지나는 바람의 효과였다.

3

구멍

─한마디로 요약해서, 자네는 죽을 것인가? 자신의 의지대로 버릴 것인가, 목숨을? 자네가 초청한 죽음은 아직 거기에 있는가? 자네에게 이유를 묻겠네. 어차피 모두가 죽을 것인데, 뭘 그리 서두르나? 바쁜가?

 ─한마디라는 말 뒤에 문장이 둘 아니, 그 이상이네. 물론 내 생을 구성하는 무의미와 불안이라는 성분은 바뀌지 않았지. 그러나 나는 이미 죽었어. 정확하게 말하면 죽음을 경험했어.

 ─출장 간 이틀 사이에 자네가 죽었다고 말하는

것인가? 자네가 죽었다가 살아 돌아왔다고 주장하는 말인가? 정녕 부활했다는 말인가?

─내가 살아있으니, 네가 살아있지. 내가 고무장갑의 분홍색 겉이라면, 누리끼리한 속껍데기가 너잖아. 생각나지 않아? 거울이 뒤바꾸는 건 좌우가 아니라 겉과 속이라고. 너와 내 관계.

─안 날 리가 있나. 자네야말로 잊지 말게.

─다시 말하지만 나는 죽음을 경험했어. 그래서 이제 죽을 이유가 사라진 거지. 나는 알게 됐어. 죽음이 무엇인지.

─그런데 여기 갑자기 나타난 또 다른 친구는 누구인가?

─나? 나는 구멍이야.

─갑자기 구멍이라니?

─너희들 고무장갑이라며? 서로 안팎을 이루는. 그렇다면 나는 고무장갑에 뚫린 구멍이야. 뭔가 드나드는 구멍. 모든 건 구멍을 통해 연결되는 거야. 구멍으로 넣을 수 있고, 구멍을 통해 볼 수 있고, 구멍이 있어야 뒤집을 수 있지. 구멍은 연결이야. 안과 밖

그리고 구멍, 이렇게 셋이 모여야 고무장갑이 완성되는 거지.

　─ 그렇다면 자네 또한 원래 같이 있던 존재이군. 안 그런가?

　─ 그렇지. 나 구멍, 연결로 완결되는 거지, 존재는.

　─ 그나저나 무엇이던가, 죽음은?

　─ 쉽게 알게 되는 건 쉽게 사라져.

　─ 사라지는 건 모두 쉽다네.

　─ 죽음은 뭐, 뒤집는 일이지. 구멍을 통해 뒤집는 일. 아무것도 변하지 않게 뒤집는 일.

작가의 말

세계가 움직이는데 방향성이 있다면 누가, 어떻게 결정할까?

인간은 이렇게 한없이 미미한데.

우주의 역사가, 어떤 종교에서 얘기하듯 6천 년이 아니라 138억 년이라는 사실을 알게 된 것은 아주 최근의 일이다. 또 우리 우주 안에 수천억 개의 은하가 있다는 사실도, 그 은하 하나하나는 수천억 개의 항성으로 이루어져 있다는 사실도 알지 못했다. 우리가 살고 있는 지구라는 행성은, 그 많은 항성 중 태양이라 부르는 작은 항성에 아슬아슬하게 매달려 팽팽

돌고 있는, 물방울 맺힌 암석 덩어리이다. 이 작은 암석 덩어리 위에 40억 년 전 처음 생명이 출현했고, 4백만 년 전 인류라고 할 만한 생명이 등장했다.

기술적으로나 정신적으로 성숙한 외계 지성체가 있다. 한마디로 말하면 훌륭한 외계인이다. 이런 일 저런 일로 바쁜 이들은 평균 1만 년에 한 번 우리 은하의 구석인 태양계 주변을 지난다. 그때마다 시장에 갔다가 떡볶이집에 들르듯 짬을 내 지구를 둘러보고는 했다. 지구에 생겨난 인류의 조상은 참 지리멸렬했다. 이들이 4백 번 방문하는 4백만 년 동안에도 생태계의 약자로 근근이 목숨을 이어갔다. 인류라는 존재조차 잊어버릴 지경이었다. 그런데 401번째 찾아본 인류는 지구 표면에 넓게 분포해 있었다. 다음 대화는 우주 어느 구석에서 메아리치고 있던 전파에서 찾아낸 것이다.

– 아프리카 한구석에 모여 살던 애들이 순식간에 지구 곳곳으로 퍼져나갔네. 꼭 한여름 장마에 번지는 곰팡이 같아.

– 너 외계인 맞아? 한여름 장마? 곰팡이?

─ 자료에서 찾은 거지, 물론.

─ 지구 시간으로 채 2만 년도 안 된 사이에 거의 지표면 전역으로 퍼져나갔네. 사는 모습도 급격하게 달라졌어. 문명이라고 할 만한 것이 피어나기 시작했군.

─ 근데 자세히 봐봐. 쟤들 이상해. 저렇게 작은 몸으로 살아남으려고 꿈틀대다가도 틈만 나면 싸우네. 싸우다가 힘들면 이리저리 무리 지어, 또 싸우네. 어라? 똑같이 생긴 것들이 모여서 똑같이 생긴 다른 동족을 자기하고 다르다고 우기면서 또 싸우네. 싸우다가 똑같이 생긴 자기들끼리 죽이는 일도 마다하지 않네. 쟤들 이상한데?

─ 애들 움직이는 방식도 특이해. 이미 이성이라는 걸 가지고 있음에도 이성의 결과물대로 움직이지 않아. 순간순간 충동적이고 돌발적으로 사건을 만들고 또 그대로 움직여. 서로를 도와야 살아남을 확률이 당연히 높아지는데, 수틀리면 난동이나 부리고, 저기 뚱뚱한 놈, 아무거나 발로 막 걷어차네. 사랑으로 끌어안아도 모자랄 판에 저 짧은 생을 상처를 주고

받는 일로 채우는데?

―짧은 생도 지루한가 봐. 물질적으로나 정신적으로 자신이 무엇으로 이루어져 있는지 궁금하지 않을까? 사는 일이 무엇인지, 사는 일에 무엇이 중요한지 깊이 생각하는 일 대신 짜릿한 독배나 찾아 마시는데.

―연결이 부족해서 그래. 아직 정신에 구멍이 없잖아. 연결을 위한 구멍.

―이제 곧 집단으로 자살하겠군. 이미 하고 있는 거 같은데?

―그건 모르지. 우리 문명도 오래전에 위기가 있었다고 하잖아.

―이대로라면 우리 은하에서 제일 수명이 짧은 문명으로 기록되겠는데, 지구가.

―내기할까? 다음 방문 때까지 애들 잘 지내는지?

―뭘 걸 건데?

내기라는 건 전부를 걸고 한편에 서는 일이다. 우리는 그 자리에 없었지만, 미미할지언정 우리를 걸고 한편에 서는 일이 세계가 움직여야 할 방향성이다.

추천사

신인류는 우리의 운명이다!

박상준(서울SF아카이브 대표)

한국에서 과연 이만큼 사변소설(speculative fiction)을 정공법으로 시도한 작품이 있었을까?

사변소설이란 SF문학의 지평을 넓힌 새로운 장르 명칭으로 60년도 더 전에 영미권에서 'SF'를 재규정한 것이다. 과학기술적 상상력보다는 형이상학적이거나 때로는 환상적인 서사까지 포괄하며 사실상 21세기에 확장되고 확립된 개념의 SF라고 보아도 무방하다.

『나와 트리만과』는 형식에서 단순하고 직관적이며 주제는 포스트휴먼 담론의 핵심을 관통한다. 전체 3개의 장으로 이루어진 구성 중에 2장은 마치 연극을 보는 느낌이 든다. 매우 드라마틱하고 압축적인 사건이 펼쳐지며 그 한정된 무대 위에 다양한 캐릭터들과 인상적인 설정들이 치밀하게 배치되어 있다. 그리고 이러한 2장을 1장과 3장이 양괄식으로 감싸며 주제에 대한 밀도 높은 궁구를 펼친다.

  포스트휴먼이라는 키워드는 결국 기존의 호모 사피엔스가 지닌 인간성(humanity)이 어떻게 확장, 또는 변성되는지를 고민하는 것이다. 즉, 인간의 정체성을 새롭게 규정해야 하는 필연성의 전망인 것이다. 이 점에서 『나와 트리만과』의 직설 화법은 주제의 익숙함을 덮고도 남을 묵직함으로 다가왔다. 개인으로서의 인간이 사는 동안 내내 끌어안고 갈 수밖에 없는 의문과 함께 전체로서의 인류가 앞으로 어떤 생존 양식을 모색해야 할지 관심이 있다면, 이 작품은 하나의 훌륭한 지침서가 될 것이다.

추천사

죽음은 끝이 아니라,
또 다른 연결이다

김범준 (성균관대학교 물리학과 교수)

 한번 해보시라. 오른손 고무장갑이 구멍 나서 설거지가 불편하면 왼손 고무장갑의 안과 밖을 뒤집어 오른손에 쓰면 된다. 거울도 마찬가지여서 거울은 좌우가 아니라 안팎을 뒤집는다. 거울에 비친 나를 가만히 바라본다. 나는 거울 밖 현실에 존재하고, 내가 보는 나는 닿을 수 없는 거울의 안에 존재한다고 나는 믿는다. 잠깐, 정말일까? 내가 보는 나는 거꾸로 자신이 거울 밖 현실에 있고, 그가 보는 내가 거울의 안이라고 확신할 수도 있지 않을까?
 작가는 소설에서 물리학의 물질과 반물질처럼, 삶

과 죽음, 의미와 무의미, 안과 밖, 그리고 내가 아니지만 나인 나, 서로 마주 보는 것의 의미를 탐험한다. 거울 면이 나와 내가 보는 내가 아닌 나를 나누듯, 모든 반전상 사이에는 경계가 있다. 밀도가 다른 두 기체를 나누는 풍선처럼, 엔트로피가 낮은 내부와 높은 환경 사이를 가로질러 불안해서 역동적인 생명처럼, 경계는 운동을 만든다. 철학 소설 같기도, SF 소설 같기도, 혹은 언어의 의미를 깊게 탐색하는 시 같기도 해서, 경계가 끊임없이 미끄러져 묘하게 역동적인 소설이다. 그리 길지 않은 소설에 담긴 사고의 두께가 만만치 않다. 답하지 않고 묻는 소설이다. 두 번, 아니 세 번 읽을 책이다.

나와 트리만과

ⓒ김병호

초판 1쇄 발행일 2025년 11월 30일

지은이　　김병호

펴낸이　　이문용
편집　　　복일경, 조주호
디자인　　산타클로스 고광표
일러스트　절자

펴낸곳　　도서출판 세종마루
등록　　　제841-98-01732호
주소　　　세종시 마음로 322, 2201-602
전화　　　0507-1432-6687
E-mail　　sjmarubook@gmail.com

ISBN　　　979-11-993183-6-6 03810

※ 이 책의 판권은 지은이와 세종마루에 있습니다.
※ 잘못된 책은 교환해 드립니다.

> 이 책은 한국문화예술위원회 지역예술도약지원사업의 지원을 받아 제작되었습니다.